내일의 시간표

내일의 시간표

스즈키 루리카 소설

김선영 옮김

CONTENTS

◆ 일러두기 ─────────────
이 책의 주는 모두 옮긴이의 주입니다.

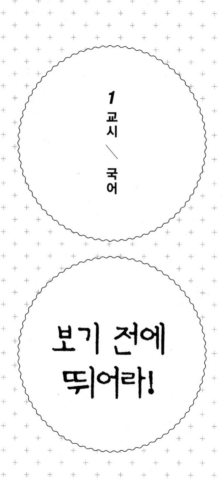

1 교시 / 국어

보기 전에
뛰어라!

"뛰기 전에 잘 봐."

만약 누군가 그렇게 말했다면 나는 뛰어들지 않았을까?

아니면 그래도 뛰어들었을까?

그 앞에 무엇이 기다리고 있는지 알지 못한 채.

내가 학교에 있을 때 걸려온 그 전화를 받은 것은 어머니였다.

"오후 6시쯤 슈분샤 가타세 씨가 전화했어. '아스카, 잘하고 있어요, 물이 오른 것 같네요'라더라."

저녁 식사 때 어머니가 전해주었다.

몇 달 전 나는 출판사가 주최하는 소설상에서 특별상을 받았다. 사상 최연소 수상자라며 작은 시골 동네에서는 제법

왂자지껄했다. 지역 신문에도 크게 실렸고, 지역 방송국 텔레비전이나 라디오에도 나왔다. 도쿄 신문사에서 취재하러 오기도 했다. 주최한 출판사에서 다음 작품을 써보지 않겠냐고 해서 며칠 전 단편을 보냈는데, 반응이 괜찮은 것 같아 마음이 놓였다. 옆에서 듣고 있던 아버지가 고개를 갸웃했다.

"가타세 씨, 전화로는 안 보일 텐데 어떻게 얼굴이 번드르르한 줄 아는 걸까?"

"응?"

어머니와 나는 동시에 반응했다. 아버지는 정말 모르겠다는 표정이었다. 아버지는 가타세 씨가 전화로 내 얼굴에 땀이 많다고 말한 줄 아는 모양이다.

"어, 어, 어, 아빠, 물이 올랐다는 표현, 처음 들어?"

아버지는 고개를 갸우뚱하더니 "못 들어봤는데"라고 대답했다.

"실력이 좋아졌다거나, 컨디션이 좋다는 뜻이야."

"허, 그래? 처음 듣네."

"아, 아빠 혹시 외국에서 오래 지냈다거나 어릴 때 해외에서 살았다거나, 그런 거 아니지? 계속 일본에서 살았지?"

약간 비꼬려고 한 말이었는데, 아버지는 진심으로 쑥스러워했다.

"뭐? 아빠는 그렇게 영어 잘하지 못하는데."

아무래도 칭찬으로 받아들인 모양이다. 뭘 어떻게 하면 저렇게 되지.

내 아버지지만 한심하다. 무샤노코지 사네아쓰 작품 중 《한심한 사람》이라는 중편소설이 있는데, "현실판 '한심한 사람'이 여기에 있어요! 무샤노코지 선생님!" 하고 나도 모르게 하늘을 올려다보고 싶어진다.

출판사 직원이 내가 땀이 많다고 굳이 전화로 콕 집어 말할 리 없는데. 그것부터 이상하잖아. 무엇보다 나는 땀을 많이 흘리지 않는다.

어머니를 바라보니 말해봤자 소용없다는 듯한 표정으로 고개를 젓고 있었다. 아버지는 책을 한 권도 읽지 않는다. 소설은 국어 교과서 말고는 읽은 적이 없는 사람이다. 활자를 멀리하는 것도 아니다. 처음부터 멀리할 만큼 가까이 가본 적도 없다. 삶에서 소설을 전혀 필요로 하지 않는다. 그 당당한 자세는 차라리 호탕할 정도다. 하지만 그 결과, 부족한 어휘력을 드러내 종종 일본어를 잘못 쓴다는 것은 부정할 수 없는 사실이다.

내가 유치원 다닐 때 일이다. 여름방학에 가족 셋이서 시립 수영장에 다녀오는 길에 같은 유치원에 다니는 마유네 아주머니를 만났다.

"수영장? 부럽다. 나도 가고 싶은데. 아스카네 엄마는 날씬해서 부러워. 하지만 봐봐, 나는 이 모양이라 수영복은 절대 못 입어."

살이 잔뜩 붙은 허리께를 문지르며 말하는 마유네 아주머니에게 아버지는 큰 소리로 "그런 건 전혀 신경 쓸 필요 없어요. 더 심한 사람도 얼마든지 오는데요. 다들 잘만 들어가니까 괜찮습니다!"라고 말했던 것이다.

아버지 입장에서는 용기를 주려고 했던 모양이다. 시민 수영장의 현실이 그렇기도 하니까. 하지만 마유네 아주머니의 얼굴은 순식간에 굳어버렸고, 어머니가 뒷수습하느라 고생했던 기억이 있다. 본인은 무례한 말을 했다는 생각이 전혀 없다. 그래서 더 고약하다.

외갓집에서 외할머니가 손수 저녁밥을 지어 상을 차려주셨을 때도 그랬다.

"어떤가, 사위. 입에 맞나?"

"네, 괜찮습니다. 먹을 수 있습니다."

그렇게 웃으며 대답했다가 나중에 어머니에게 "'괜찮습니다, 먹을 수 있습니다'라니 무슨 말이 그래? 아마존 오지에서 괴상한 음식을 내준 것도 아닌데" 하고 혼쭐이 났다.

얼마 전 절에서 친척 제사를 올릴 때도 점심때 푸짐한 도시락이 나왔는데, 뚜껑을 열어본 작은어머니가 "어머나, 굉장하네. 이렇게 많이 먹을 수 있을까? 오늘 아침을 늦게 먹어서"라고 걱정하자, 앞자리에 앉아 있던 아버지가 시주님 옆에서 큰 소리로 이렇게 대꾸했다.

"괜찮아요. 이런 건 종류가 다양해서 언뜻 호화롭고 양이 많아 보이지만, 실제로는 그렇지만도 않거든요. 양은 별거 아니에요."

시주님 표정이 굳는 걸 똑똑히 봤다. 아버지 자신은 그 역시 악의가 없었다고 하겠지. 하지만 악의가 없다고 죄가 없는 건 아니다. 아무래도 '괜찮다'가 아버지 입버릇인 모양이다. 이 점에 대해서도 어머니의 말을 빌리자면 "하나도 안 괜찮은 사람한테 괜찮다는 말을 들어봤자"인 것이다.

본인이 실언했다는 생각을 하지 못하니 이런 일을 몇 번씩 되풀이해도 전혀 나아질 기미가 없다. 그 뒷수습을 하는 건 어머니와 나다.

"왜 당신이 뿌린 오물을 우리가 따라다니면서 치워야 해?"

입이 험한 어머니는 언제나 아버지 때문에 화를 낸다.

"지겨워, 아버지 목에 '이 사람에게 말을 걸지 마세요'라고 쓴 카드라도 걸어놓을까?"

"그런 걸로는 부족해. 〈양들의 침묵〉에서 렉터 박사가 차고 있던 튼튼한 금속 마스크라도 씌워야지. 아주 꽉."

어머니는 서양 영화 마니아다.

모든 게 아버지가 책을 전혀 읽지 않는 데서 비롯된 국어 실력 부족과 상상력 결여가 초래한 사태라 할 수 있겠다.

"미래를 짊어질 아이들에게 책을 읽지 않으면 이렇게 된다는 나쁜 사례로 제출하고 싶어."

어머니가 한탄하는 것도 당연하다.

아버지는 당연히 내가 쓴 소설도 읽지 않았다. 읽으려는 생각이 아예 없는 것 같다. 그 점에는 주변 사람들도 기가 막혀 한다. 부모인데 그럴 수 있느냐고.

"낭독해주면 될까?"

내 제안에 어머니는 불쾌한 표정으로 고개를 저었다.

"헛수고야. 5초 만에 잠들어. 〈시계태엽 오렌지〉에서 주인공에게 구속복을 입혀서 의자에 묶어놓고 눈을 벌려서 클립으로 눈꺼풀을 고정한 다음 눈동자가 마르지 않게 안약을 넣어가며 영화를 보게 하는 장면이 있는데, 아버지도 그런 방법으로 책을 들이밀어야 할 거야. 아니, 그래도 안 읽을지 몰라."

나는 그 영화를 보지 못했지만(연령 제한 때문에 볼 수 없는 것 같다), 그런 장면이 있는 모양이다.

내가 소설로 상을 받고 나서 부모님도 독서가인지, 글쓰기를 좋아하는지 자주 질문을 받지만, 이로써 유전은 전혀 상관없다는 사실이 증명되었을 것이다. 어머니는 아버지에 비하면 책을 읽는 편이지만, 그래도 소설보다는 영화를 좋아해서 원작이 있으면 읽어보는 정도다.

아버지는 솔직한 성격이라 '물이 오르다'라는 새로운 표현을 배우더니 마치 갓 배운 말을 의기양양하게 쓰고 싶어 하는 어린애처럼 여기저기서 그 말을 썼다. 하지만 그것도 "그 빵집도 예전에는 물이 올랐는데 지금은 영 아니야"라거나(전에는 장사가 잘됐다는 뜻으로 쓴 모양이다) "자이언츠 야구단, 요즘은 물이 안 오르네"라는 둥(이 경우 컨디션이 나쁘다는 뜻으로 쓴 모양이다), 누가 봐도 잘못된 사용법이라 답답했다. '물이 올랐다'의 반대 의미로 '물이 안 올랐다'라고 말하지는 않는다.

아버지를 보면 새삼 국어 실력은 모든 것의 기본이라는 생각이 든다. 말 그대로 반면교사다.

내가 소설을 쓴다는 소문은 학교는 물론 이웃에도 퍼졌다. 그 후로 왠지 나를 특이한 아이로 보는 듯했다. 그래서 조금 이상한 소리나 행동을 해도 "아, 역시 소설 쓰는 아이는 다르네"라는 듯이 좋으나 싫으나 그런 눈으로 바라본다.

전에도 하복으로 갈아입어야 했는데 지각할 것 같아 서둘러 집을 나서는 바람에 동복을 입고 갔다. 전교 학생 중 동복을 입은 사람은 나 하나뿐이라 식은땀이 났는데, 주위에서는 '아, 소설 쓰는 아이니까 좀 다른가 봐'라고 여기는 것 같았다. 개중에는 "학교 체제를 향한 반항의 표현, 반골 정신의 표현이 아닐까"라고 말하는 사람도 있었던 모양인데, 그런 강경파는 아니다. 단순히 실수한 것뿐이다.

하지만 좀 이상한 짓을 해도 그렇게 보는 건 내 입장에서 정신적으로 편하기도 하다. 이건 예기치 않은 부산물이었다.

이것도 다 '작가=이상한 사람'이라는 이미지를 세상에 널리 정착시킨 위대한 선인들 덕분이다. 만화나 영화에 나오는 작가는 대부분 이상한 기인이거나 멀쩡하지 않은 사람으로 그려진다. 과장도 있겠지만 완전한 허구도 아니리라. 그런 사람이 많은 건 사실인 듯하다.

하지만 실수로 동복을 입었을 때는 나쁜 의미로 눈에 띄어 하루 종일 가시방석이었기 때문에 집에 돌아가서 어머니 탓으로 돌리려 했는데(어머니도 등교하는 나를 배웅할 때 알아차리지 못했으니까) 생각도 하지 못한 대답이 돌아왔다.

"그거라도 입고 갔으니 망정이지. 엄마는 초등학생 때 잠옷 입고 학교에 간 적 있어."

어머니에게 뭔가 말하면 대개 이런 식이다.

시골에 살면서 벌레를 지독히 싫어하는 내가 어느 날 방에 벌레가 들어와 비명을 질러대자 어머니가 와서 이렇게 말했다.

"뭐가 그리 무서워? 벌레가 왜 무서운데? 무서워하는 건 저쪽이야. 인간을 잡아먹는 거인이 인간을 무서워하니? 아니지! 엄마 고향 집 정원에는 무화과나무가 있어서 여름이 되면 열매를 맺었어. 잘 익은 무화과에는 개미가 꼬여서 열매 끝에 있는 작은 구멍으로 개미가 끊임없이 들락날락거렸어. 엄마는 보란 듯이 그걸 통째로 먹었지. 개미한테 엄마는 엄청 무서운 존재였을 거야.

그뿐이니? 중고생 때는 자전거로 통학했는데, 여기랑 똑같은 시골 동네라 자전거를 탈 때 입에 벌레가 자주 들어갔어. 하지만 뱉지 않고 그냥 삼켰지. 오히려 적극적으로 잡아먹을 기세로 덤볐어. 마지막에는 풍뎅이만큼 큰 벌레도 삼킬 수 있게 됐지."

"뭐? 꽤, 괜찮았어?"

"지금 엄마가 여기 이렇게 있는 게 그 답이야. 아무렇지 않아. 건강체 그 자체야. 그때 엄마는 내 몸으로 시험해보겠다는 생각도 했어. 곤충을 어느 크기까지 먹어도 괜찮을지 궁금했거든. 말하자면 셀프 《하나오카 세이슈의 아내》*지. 자기 몸을 실험체로 바친 거야. 실험 결과, 아무렇지도 않아. 벌레는 무서워할 게 못 돼! 무서워하는 건 그쪽이라고."

내가 하고 싶은 말은 그런 게 아니다.

나는 생리적으로 벌레가 무서운 것이다. 그건 이유가 있는 게 아니라서, 어머니가 말한 극복법과는 완전히 차원이 다른 문제다.

그 밖에도 전에 학교에서 자기가 태어났을 때 있었던 일을 가족에게 물어보라는 숙제를 내준 적이 있었다.

어머니에게 물어봤더니 진지한 목소리로 이렇게 말하는 것이었다.

"아아, 널 낳은 후에 뱃가죽이 축 처져서 그걸 봤을 때 〈양들의 침묵〉이 떠올랐어. 거기서 버펄로 빌이라는 별명이 붙은 엽기 살인범이 뚱뚱한 아가씨를 납치해 사흘 동안 굶긴 다음 피부가 늘어졌을 때 죽여서 그 가죽을 벗겨 옷을 만

♦

일본 작가 아리요시 사와코가 1966년 발표한 소설. 세계 최초로 전신마취를 수술에 도입했다고 일컬어지는 실존 인물 하나오카를 위해 스스로 마취 실험 대상이 된 아내와 어머니의 이야기가 대화식으로 그려진다.

들거든. 아, 그건 진짜였구나 싶었지. 갑자기 살이 빠지면 피부가 늘어져. 깜짝 놀랄 만큼. 피부 수축력이 따라가질 못하는 거겠지.

하지만 엄마 가죽은 옷을 만들 수 있을 만한 양은 아니었어. 배만 그랬으니까. 이걸로는 기껏해야 복대밖에 못 만들겠구나 생각했지."

늘어진 뱃가죽으로 복대를 만든다. 거기에 무슨 의미가 있을까?

아니, 문제는 그게 아니라 학교가 원한 건 '이 세상에 나와줘서 고마워'라거나 '내 아이를 처음 안았을 때 느낀 감동', '난산 끝에 출산, 소중한 생명' 같은 종류의 일화다. 〈양들의 침묵〉을 보고 떠올린 뱃가죽 이야기가 결코 아니다. 자기 아이의 탄생 일화를 묻는데 그런 이야기를 가장 먼저 하다니, 문제가 있다.

당연히 그런 이야기를 쓸 수는 없어 적당히 날조, 아니 창작해서(이 분야는 자신 있다) 냈다.

소설을 쓴다고 하면 특이한 사람처럼 여기지만, 우리 가족 중에서는 내가 가장 멀쩡한 것 같다. 그래도 아버지는 동네 관공서에서 일하고, 어머니도 농협에서 사무를 보니 세상은 생각보다 관대한 게 아닐까?

상을 받은 지 몇 달이 지났지만 여전히 드문드문 취재를 받고 있을 무렵, 방과 후 담임 야자키 선생님이 나를 교무실로 불렀다.

　깜빡 잊고 안 낸 과제물이 있나?

　처음 떠오른 생각은 그것이었다. 지난주에 끝난 중간고사 성적도 그럭저럭 괜찮았다(원래 국어만큼은 공부하지 않아도 점수가 잘 나왔다). 짐작 가는 바가 없어 조금 어리둥절해하며 교무실로 향했다.

　야자키 선생님은 삼십대일 텐데, 선생님 나이는 의식해본 적이 없어 정확히는 모르겠다. 은테 안경을 썼고 어떻게 봐도 선생님 같은 인상이라 직업 맞히기 퀴즈를 내면 70퍼센트 확률로 정답이 나올 듯한 남자 선생님이다. 수업 방식은 담담해서 딱히 좋아하지도 싫어하지도 않는 선생님이지만, 교토에서 들어가기 힘들기로 유명한 국립대학을 나왔다는 이유로 다들 어려워했다.

　그렇게 생각하고 보니 확실히 똑똑해 보이는 얼굴이다.

　나를 보더니 살짝 손을 들고 "국어 준비실로 갈까?" 하고 자리에서 일어난 야자키 선생님의 뒤를 따랐다. 국어 준비실에는 전 학년 교과서나 부교재, 자료 외에도 내용물이 묵직하게 찬 상자가 산처럼 쌓여 있고, 가운데에 책상과 의자 한 세트가 놓여 있다.

선생님은 내게 의자에 앉으라고 권하고 자기는 옆에 있는 둥근 의자에 앉더니 열띤 목소리로 말했다.

"선생님도 읽었다, 〈문원〉."

〈문원〉은 내 수상작이 실린 문예지다.

"고맙습니다."

"아니, 아니야, 정말 대단해. 대단한 일이야."

선생님의 뺨이 발그레했다. 피부가 하얘서 복숭아처럼 부드러운 색이었다.

"아…… 그런가요?"

"아니, 정말이야. 작품도 재미있고. 늦었지만 축하한다."

선생님이 손을 내밀었다. 악수를 청하고 있다는 걸 알아차리기까지 몇 초가 걸렸다.

거절이라는 선택지는 없는 듯해 어색하게 악수를 했다.

"고, 고맙습니다."

생각보다 맞잡는 힘이 강해서 아플 정도였다.

선생님은 손을 풀더니 등을 휙 돌려 터질 듯 불룩한 종이 봉투를 책상 위에 얹었다.

"실은 나도 십대 시절부터 줄곧 소설가를 꿈꿔서, 창작 활동을 계속하고 있단다."

"아…… 그러세요?"

"그래, 실은 소설가가 되고 싶었어. 아, '실은'이라는 말은 지금의 나를 부정하는 것 같아 삼가고 있는데, 그만 튀어나왔네. 하지만 작가가 되고 싶다는 건 사실이야. 예나 지금이나 작가가 되고 싶어. 간절하게, 간절하게."

"네……."

"투고 경력도 길어. 학창 시절부터였으니 벌써 20년쯤 되려나. 하지만 생각처럼 쉽지 않아서. 운도 필요하고 상하고 궁합도 좋아야 하고. 하지만 나는 반드시 작가가 될 거야. 그런 확신은 있거든. 그래서 말이야, 여기 내가 지금까지 자신 있게 쓴 작품들이 들어 있는데, 출판사 직원에게 좀 전해주렴."

"네에?"

"신인 문학상은 안 돼. 먼저 1차나 2차, 예비 심사를 하는 사람들이 있잖아. 신인 작가나 기고가, 과거에 그 상을 받은 수상자가 심사하는 것 같던데, 따지고 보면 라이벌이 될지도 모르는 사람의 작품을 읽는 거잖아. 거기서 굉장한 재능이 있는 사람을 발견하면 어쩌겠어? 비즈니스 라이벌이 되잖아. 압도적인 세계관에 참신하고 깔끔한 작품이 있다면 질투 때문에 일부러 떨어뜨려서 편집자한테는 보여주지 않겠지.

마지막까지 남아야만 편집자가 읽을 테니까. 내 작품은 그런 억울한 일을 당해 상을 받지 못한 거야."

"어, 아아, 그렇군요."

일단 대꾸는 했지만 그럼 그런 문예지에서 상을 받은 내 작품도 부정하는 셈이 되는데, 선생님은 그것은 전혀 개의치 않는 기색으로 말을 이었다.

"그러니까 이걸 편집자에게 직접 보여주면 바로 알 거야. 이대로는 질투에 짓눌려서 나는 절대 세상에 나갈 수 없어."

"아니, 그래도 그건 조금. 저도 아직 프로 작가는 아닌데요."

"하지만 아는 편집자는 있잖아?"

"그야……."

실제로 상을 받으면 담당 편집자가 붙어서 창작에 대한 조언도 해주고, 다음 작품에 대해 의논해준다. 내게도 가타세 씨라는 여성 편집자가 붙었지만, 어쨌거나 아직 중학생이라 '학업을 우선하는 야쿠시마루 히로코♦ 방식'으로 생활하고 있다. '야쿠시마루 히로코 방식'은 가타세 씨가 붙인 명칭인데(가타세 씨의 나이는 모르지만 이 발언으로 보건대 그런 연배인 것 같다), 여느 신인 작가에 비하면 여유가 있는 편이다.

딱히 생계가 걸린 것도 아니라서 기를 쓰고 매달리지는 않은 것이 사실이다.

게다가 편집자는 일반적으로 수십 명의 작가를 담당하니 나 같은 초보 글쟁이에게 많은 시간을 할애할 수는 없다. 지금은 원고를 보내는 것도 그렇고 감상이나 평가, 수정을 받는 것도 전부 컴퓨터나 스마트폰으로 할 수 있어 사실 가타세 씨하고도 수상식과 그 후 취재 때 몇 번 만난 게 전부다. 즉 아직은 내가 아는 사람의 원고를 읽어달라고 부탁할 정도로 친한 사이가 아니다.

"하지만 편집자도 굉장히 바쁜 데다 전해줘도 읽는다는 보장도 없고, 으음, 어려울 것 같은데요."

"괜찮아, 우수한 편집자라면 조금만 읽어도 바로 알 거야. 글을 쓰기 위해 태어난 사람이 쓴 작품이라는 걸. 이 작품을 놓치면 출판계가 커다란 손실을 입는다는 걸 알아차리지 못한다면 그 편집자가 이상한 거야!"

선생님으로서는 드물게 말투가 거칠어졌다. 수업 시간에 절대 언성을 높이지 않는 분인데.

◆

일본의 유명 여배우로 1978년 14세에 〈야성의 증명〉으로 데뷔해 큰 인기를 끌었으나 학업을 중시해서 연예계 생활을 조절해 일반적인 대학 생활을 했다.

그 기세에 눌려 그만 승낙하고 말았다.

"아, 네. 그럼 어떻게든 해볼게요."

그러자 선생님은 생긋 웃더니 종이봉투를 내밀었다.

어찌나 묵직한지 손잡이가 손가락을 파고들었다.

"편집자에게 건네기 전에 너도 읽어도 돼. 참고로 감상도 들려주렴."

"아, 네."

그렇게 떠맡은 무거운 종이봉투를 짬짬이 쉬어가며 겨우 집으로 가지고 돌아와서, 저녁 식사를 마친 후 방에서 읽어 보았다.

표지에 '蒼月彗斗'라고 적혀 있는데, 펜네임인 모양이다. 뭐라고 읽는 거지? 그것만으로도 조금 불길한 예감이 들었는데, 선생님의 딱딱한 분위기만 생각하고 멋대로 순수 문학 계열이라고 상상했더니, 의외로 가벼운 터치의 러브 코미디였다.

열 편 정도 들어 있었는데, 천사 소녀와 악마 소녀가 별볼일 없는 평범한 대학생 주인공을 서로 차지하려고 싸운다느니, 좋아하게 된 소녀가 실은 유령이라 기묘한 동거를 한다느니, 전국 시대로 타임 슬립해서 좋아하는 소녀를 쏙 빼닮은 공주님을 만나 사랑에 빠진다느니, 동경하는 아이돌이 어느 날 텔레비전 화면에서 튀어나와 내 방에서 산다느니. 어디서 많이 들어본 소재를 여기저기서 짜깁기해 뒤섞어놓은 이야기뿐이었는데, 작품에 등장하는 소녀가 하나같이 '굉장한 미소녀'라는 설정이었다. 그리고 반드시 '장점 하나 없는 별 볼일 없는 소년'을 좋아한다. 이건 선생님의 망상, 아니 소원, 이상을 그린 이야기일까?

선생님이 이 글을 즐겁게 썼다는 건 알겠다.

'어때, 어때? 웃기지? 재미있지?'

그렇게 작정하고 글을 쓴 게 뻔히 보인다. 하지만 읽는 쪽은 하나도 즐겁지 않다.

즐겁기는커녕 끝까지 읽기가 너무 괴롭고 힘들다.

문득 책상 위에 놓인 스탠드 거울을 들여다보니 평소보다 표정이 험상궂었다. 소설을 읽을 때 이런 표정을 짓는 건 처음이다. 미간에 주름이 잔뜩 잡히고 입가가 일그러져 있다.

즐거운 단어를 나열했지만, 하나도 재미있지 않다. 무엇보다 문장이 잘 읽히지 않는다. 등장인물이 종이 인형보다 얄팍해서 재미없는 수준을 넘어 왠지 허무해질 정도다.

이걸 대체 어쩌지.

나도 모르게 무릎을 끌어안았다. 수업할 때 보여주는 선생님의 냉정한 말투를 떠올렸다. 다자이나 아쿠타가와를 논

할 때는 사용하는 어휘도 풍부하고 정확했는데. 독서량은 나보다 훨씬 많을 테고, 당연히 국어 실력도 비교할 수 없을 정도로 뛰어날 것이다. 명작이라는 게 어떤 것인지 충분히 알고 있을 텐데.

그런데 자기가 쓰면 왜 이렇게 되는 걸까?

호불호의 문제가 아니라 '어쩌지'라는 느낌이었다. 아무리 읽어도 '어쩌지'라는 말밖에 떠오르지 않았다.

신인 문학상에 응모한 이 작품들이 예비 심사도 통과하지 못한 이유는 적절한 판단에 지극히 당연한 결과이고, 선생님이 말하는 '질투에 휩싸여 일부러 떨어뜨린' 게 아니라는 사실은 확실했다. 하지만 그걸 선생님께 그대로 전하기는 아무래도 망설여졌다. 그럴 리는 없겠지만 혹시 국어 점수를 낮게 주면 곤란하다.

하지만 그렇다고 해서…….

원고가 든 종이봉투 이상으로 무거운 앙금이 가슴에 쌓여 나도 모르게 한숨이 나왔다.

다음 날 점심시간, 야자키 선생님이 복도에서 불러 세우더니 곧바로 감상을 물었다.

"창작 열정이 대단하세요. 그렇게 많이 쓰시다니. 학교 일도 바쁘실 텐데. 글 쓰는 걸 정말 좋아하신다는 게 느껴졌어요."

내용은 일절 언급하지 않았다. 하지만 거짓말도 하지 않았다. 그러자 선생님은 만족스러운 얼굴로 고개를 끄덕였다.

"그게 작가니까."

벌써 작가 선언이다.

"그래서 편집자한테는 언제쯤 건넬 수 있을 것 같아?"

"아, 그러니까 그게, 이번 달 하순에 담당자하고 회의할 일이 있어서, 그분이 이쪽으로 오신대요."

"어, 그래?"

이건 사실이었다.

메일이나 전화로 연락해도 되지만, 가타세 씨가 역시 중요한 내용은 얼굴을 맞대고 직접 이야기하는 게 나을 것 같다면서 일부러 도쿄에서 찾아올 예정이다.

"그럼 그때 잘 부탁해."

"아, 네."

이게 선생님의 의욕을 더 부채질했는지, 사흘 후 다시 국어 준비실로 불려가 또 종이봉투에 한가득 담긴 원고를 받았다. 지난번보다 더 무거운 것 같았다.

"전에는 해피엔딩이 많았지. 이번에는 비련을 주제로 써본 작품들이야. 어느 시대나 눈물샘을 자극하는 작품은 수요가 있으니까."

헐떡거리며 겨우 집으로 가지고 돌아와 읽어보니 전부 마지막에 주인공이 죽는 이야기였다. 불치병에 걸리거나, 갑작스러운 걸 넘어서서 엉뚱한 사고로 죽거나. 죽으면 비극이라는 안일한 생각이 엿보였다.

분명 죽음은 비극이고 드라마틱해서 이야기의 마무리에 그 이상 좋은 게 없다. 죽음을 내밀면 최강이다. 그렇기에 안일하게 다루어서는 안 된다. 하지만 선생님이 쓴 소설은 잔뜩 허황된 이야기로 전개되다가 손을 쓸 수 없게 되자 '죽음'으로 처리한 게 분명했다. 여기에 비하면 차라리 지난번에 받은 만사태평한 로맨틱 코미디가 더 나았다. 마음은 더욱 무거워졌다.

정말 이걸 가타세 씨에게 전해도 될까?

고민에 빠졌다. 어쨌거나 출판사 편집자는 바쁘다. 읽어야 할 글이 산더미처럼 쌓여 있다. 원고, 교정쇄, 잡지나 신문에 실린 서평, 자신의 출판사는 물론 타사 신간, 담당한 작가의 인터뷰 기사 체크 등등, 매일 늦게 귀가하는 데다 집에 원고를 들고 가서 읽는 경우도 있다고 한다.

그런 사람이 과연 업무 이외의 원고를 읽을 수 있을까?

매달려서 사정하면 읽어줄지도 모르지만, 그것 때문에 업무가 밀리면 회사에 손실을 입히고, 커다란 민폐를 끼치게 되는 건 아닐까?

원래 어느 출판사나 개인이 직접 가져오는 소설 원고는 받아주지 않는다. 그래서 신인 문학상이 있는 것이다. 하지만 야자키 선생님 말처럼 편집자 눈에 들려면 1, 2차 심사를 통과해야만 한다.

선생님도 치사하다고 하면 치사하다. 연줄을 써서 중간 심사를 건너뛰고 편집자에게 원고를 읽어달라고 부탁하는 거니까. 교사라는 절대적으로 강력한 지위를 이용해서.

이것도 일종의 강압 아닐까? 그렇게 생각하니 약간 화가 났다. 하지만 뺨을 붉히던 선생님의 얼굴을 떠올리니 거기까지는 생각이 미치지 못한 것 같기도 했다.

입학하기 어렵기로 유명한 국립대학을 나왔다는 사실과 수업 중에 쓰는 이지적인 말투, 선생님이 쓰고 있는 작품, 그 단순한 생각과 언동이 아무래도 균형이 맞지 않는 것처럼 느껴졌다.

이튿날, 또 선생님한테 호출당해 국어 준비실로 가보니 책상 위에 대학 노트가 수십 권이나 쌓여 있었다.

각각의 표지에는《문원 문학 신인상 경향과 대책》,《군청 문학 신인상 경향과 대책》,《스피카 문학 신인상 경향과 대책》이라는 제목이 적혀 있었고, 거기에는 그 상을 만든 배경, 역사부터 역대 수상자, 심사위원, 수상작 분석, 선출될 가능성이 높은 작품 경향 등이 자세하게 적혀 있었다. 수상작 감상이나 심사평, 수상자 연령과 성별, 경력까지 적혀 있었고, 그 데이터를 바탕으로 이 상은 문학성보다 참신함을 추구하므로 서두는 강렬한 인상을 줘야 한다, 이 상은 견실한 작품이 좋은 평가를 받으므로 사회문제를 다루면 유리하다, 이 상은 화제성을 중시하는 경향이 있으므로 시류에 편승해 대중적으로 마무리 짓는다 등등의 메모가 빼곡했다.

역시 수재라는 감탄이 절로 나오는, 경악스러운 분석력이었다.

하지만 저 자료들을 참고해서 완성한 작품이 그건가. 그거란 말인가. 그렇게 생각하니 '어째서?'라는 단어가 머릿속에서 꿈틀거렸다.

선생님은 그런 당혹감은 눈곱만큼도 알아차리지 못하는지 어떠냐는 듯 자신만만한 표정으로 나를 바라보고 있었다.

"괴, 굉장하네요. 뭐랄까, 정말, 대단하세요."

그렇게 대답할 수밖에 없었다.

"아스카, 너는 플롯을 어떻게 짜니?"

"플롯? 그게 뭔데요?"

"뭐? 플롯도 몰라? 그런데도 용케 상을 받았구나."

빈정거리는 게 아니라 진심으로 놀라서 하는 말 같았다.

"작품 구성을 말하는 거야. 등장인물 설정이나 스토리 전개, 복선을 깔거나 그걸 회수하는 방법을 그린 작품 설계도 같은 거야. 그게 가장 핵심이라 플롯을 끝내면 그 작품은 거의 완성됐다고 해도 될 정도지."

"아, 그렇군요."

선생님은 기가 막힌다는 듯 짤막하게 한숨을 쉬고 고개를 저었지만, 나는 그런 걸 써본 적이 없다. 머릿속에 어렴풋하게는 그려져 있지만 일단 컴퓨터 앞에 앉아 글을 쓰기 시작하면 이미지가 떠오르기 때문에 그것을 문장으로 옮길 뿐이다. 그러다 보면 대부분 처음에 머릿속에 있었던 것과는 다른 방향으로 전개되기 때문에 그런 과정을 거쳐도 의미가 없을 것 같다.

하지만 선생님은 왜 그런지 모르지만 몹시 화를 냈다.

"그러면 곧 벽에 부딪힐 거야. 모든 일은 기초가 중요하니까! 집을 지을 때도, 소설도, 기초가 중요해!"

"죄송합니다."

나도 모르게 사과를 했다.

"한두 작품 정도야 막무가내로 됐을지 모르지만, 오래 못 가. 기본이 없으면 언젠가 무너지니까."

"하아."

선생님 말씀은 분명 맞는 말이겠지만 석연치 않은 기분이 들어 불만스러운 목소리가 나왔다. 그러자 선생님은 또 작게 고개를 가로저었다.

몇 주가 지나 가타세 씨와 회의하는 날이 되었다. 그전에 미리 단편을 하나 더 써서(물론 플롯은 쓰지 않고) 보냈다.

일요일에 일부러 이런 곳까지 찾아와주는 것도 미안했지만 가타세 씨는 전화기 너머에서 더 먼 지방에 사는 작가도 필요하면 만나러 간다면서, 나는 그나마 가까운 편이라며 웃었다.

옆 동네 역 앞에 있는, 이 부근에서 하나뿐인 패밀리 레스토랑에서 만나기로 했다. 일찍 가서 기다리고 있자 시간에 맞춰 나타난 가타세 씨가 내 얼굴을 보더니 환하게 웃었다.

가타세 씨는 이목구비가 뚜렷하고 생김새가 화사해서 약간의 표정 변화로도 화려해 보인다. 긴 머리카락을 흔들며 성큼성큼 다가왔다. 척척, 선뜻선뜻, 빠릿빠릿, 그런 의태어를 실체화한 듯한 사람이다. 온몸에서 유능함이 흘러넘쳐 어디로 보나 도시 여성 그 자체였다. 그런 사람이 이런 시골에서 한적한 오후의 패밀리 레스토랑에 있다는 사실이 이상하다. 가타세 씨와 배경이 따로 놀아 거리감이 들었다.

"그거 좋았어. 재미있었어, 정말로. 쓸 때마다 실력이 느는 것 같아."

자리에 앉자마자 대뜸 본론으로 들어가는 것도 가타세 씨다웠다. 재빨리 커다란 토트백에서 원고를 꺼내 미팅을 시작했다.

좋았다고는 했지만, 원고에는 빨간 첨삭이 들어가 있고 메모지도 잔뜩 붙어 있었다. 그래도 그리 크게 수정한 부분은 없어 마음이 놓였다.

그보다 계속 신경 쓰이는 건 옆에 둔 종이봉투 두 개였다. 가타세 씨와 얘기하는 사이에도 계속 그것에 짓눌리는 기분이었다. 안에는 야자키 선생님의 역작, 글자 그대로 힘이 잔뜩 들어간 작품이 꽉 차 있다. 이곳까지 어머니가 차로 태워 주셔서 살았다.

"이걸로 끝인데 질문이나 궁금한 것 있니?"

미팅은 한 시간 반 정도로 끝났다. 가타세 씨 말처럼 역시 직접 만나서 이야기를 나누는 게 서로 하고 싶은 말을 확실히 주고받을 수 있어 좋았다.

"아, 집필에 직접 관계된 일은 아닌데요. 아, 어쩌지."

역시 막상 닥치니 말하기 곤란해 고개를 숙였다.

"뭔데? 왜 그래? 개인적인 일이야? 어려워하지 말고 말해 봐. 난 네 담당이니까. 내가 할 수 있는 일이라면 뭐든지 해줄게."

할 수 있는 일이라면 뭐든지.

그 말에 바로 용기를 얻어 야자키 선생님 이야기를 했다.

"아아, 뭐야. 그런 일은 흔해. 연줄을 써서 그러는 거. 하지만 회사 입장에서는 기본적으로 금지하고 있어."

"그런……가요. 그렇겠죠."

시선을 떨어뜨렸다.

"아, 하지만 아스카네 학교 선생님이지. 그러면 읽는 게 좋으려나. 그것 때문에 선생님하고 거북해지고 학교생활에 지장이 생겨 원고 쓰는 데 차질이라도 있으면 난처하니까."

가타세 씨는 말을 마치자마자 종이봉투에서 원고 다발을 꺼내 맹렬한 속도로 읽기 시작했다.

속독 기술이라도 있는지, 아니면 직업상 그렇게 되었는지, 읽는 속도가 이상하리만치 빨랐다. 팔락팔락 바쁘게 종이를 넘기는 소리와 함께 차례로 원고를 훑어봤다. 그러다 미간의 주름이 점차 깊어지더니 마침내 테이블에 엎드려버렸다.

"뭐야, 이거. 못 보겠어. 읽기가 힘들어. 우엑, 정신적으로 괴로워."

그러더니 1분도 지나지 않아 고개를 들고 말했다.

"뭔지 알겠어. 이런 걸 용케 두 뭉치나 들고 왔네. 무거웠지?"

"네, 뭐."

"편집자가 확실하게 읽었다고 전해."

"아, 저, 이거, 편집부에 가져가주실 수는 없나요?"

"아니, 이미 읽었고, 충분히 알았으니까."

"하지만 이거, 선생님이 열심히 쓰신 건데."

"유감이지만 열심히 썼다고 해서 좋은 평가를 받는 세상이 아니야. 재능이 없는 사람이 천 편을 열심히 써도 안 되는 건 안 돼. 반대로 힘을 빼고 편하게 쓴 글이라도 좋은 작품이면 되는 거야."

"하지만 선생님은 벌써 20년 가까이 써오고 있어요."

"그것도 아무 상관 없어. 20년, 30년 글을 썼다고 하자. 그래서? 그럼 출판합시다, 그렇게 되지는 않아. 그 부분은 인정받지 못해. 프로가 되어도 마찬가지야. 작가 경력이 30년 넘는 거물 작가의 작품이 초판도 팔리지 않는가 하면, 갓 등단

한 신인이 밀리언셀러를 내기도 해. 특히 소설은 하극상이 벌어질 가능성이 가장 높은 문예 분야니까. 가령 50년간 한 길을 걸어온 장인을 반년 전에 입문한 신인이 뛰어넘는 건 일단 불가능하지만, 소설 세계에서는 그런 일이 일어나. 그래서 무서워. 하지만 재미있지. 멋진 재능을 만났다고 확신했을 때는 힘이 솟아."

가타세 씨의 눈에 강한 빛이 감돌았다.

"아스카는 센스가 있어. 이 직감은 지금까지 빗나간 적이 없어. 이건 내가 편집자 인생에서 가장 자랑스러운 점이야. 그러니까 자신감을 가져."

"저, 야자키 선생님은?"

가타세 씨가 짤막하게 한숨을 쉬었다.

"내가 오늘 여기서 자르더라도 세상에 나올 사람이라면 반드시 나와. 떠오르거든. 어떤 경로로든. 그 사람이 '그럴 만한 사람'이라면 반드시 그렇게 될 테니 괜찮아."

나는 입술을 살짝 깨물었다.

"아, 그래, 그럼 이렇게 하자."

가타세 씨는 가방에서 편지지를 꺼내더니 만년필로 뭔가 쓰기 시작했다.

"이거, 그 선생님한테 전해줘."

가타세 씨가 편지지 한 장을 뜯어내 건넸다. 내용을 보니 이렇게 적혀 있었다.

'잘 읽었습니다. 작풍으로 말씀드리자면 저희 회사보다 고에이쇼보 쪽이 맞는 것 같습니다. 작가와 출판사의 스타일 궁합은 중요합니다. 저희 회사는 귀하의 작품 같은 분야가 다소 약하지만 고에이쇼보라면 그 점에서 이미 인기 라인이 있으니 잘 맞을 것 같습니다. 거기로 가져가시거나 신인상에 내보시면 어떨까요? 슈분샤 편집자 가타세.'

"이, 이건."

"고에이 쪽에 떠넘겼다고 하면 듣기 안 좋으니까 맡기는 형태로 하자. 하지만 꼭 거짓말도 아니야. 이건 이걸로 마무리 지은 셈 치자. 그보다 아스카도 이 선생님이 쓴 걸 읽었니?"

"네, 그야 당연히, 네."

"그럼 이제부터는 절대 읽지 마. 서툰 글을 읽으면 자기 글도 서툴러지니까. 그만큼은 아니더라도 문장의 리듬이 흐트러지는 정도는 영향이 있으니까. 좋은 글을 읽으라는 말은 그 때문이야."

"아, 네."

"아, 벌써 시간이 이렇게 됐네. 실은 들러야 할 곳이 한 군데 더 있어서. 모처럼 여기까지 왔으니 고사카시에 있는 아이카와 서점에 들르려고."

가타세 씨가 이 지방 중심지에 있는 대형 서점 이름을 말했다.

"여기는 내가 계산할 테니 천천히 있다 가도 돼. 그럼 앞으로도 잘 부탁해. 원고 기대하고 있을게."

생긋 웃으며 말하더니 자리에서 일어나 왔을 때와 마찬가지로 눈 깜짝할 사이에 성큼성큼 떠났다. 가타세 씨가 유능하다는 사실을 납득할 수 있을 것 같았다.

주문한 오렌지 주스는 얼음이 다 녹아서 밍밍했다. 나는 스마트폰을 꺼내 어머니에게 데리러 와달라고 부탁했다.

내가 여전히 종이봉투를 두 개 들고 있는 것을 보고 어머니는 당혹스러운 표정을 지었다.

"가타세 씨한테 주지 않았니?"

"응, 그냥. 하지만 괜찮아. 읽긴 했어."

사실은 전혀 괜찮지 않지만.

종이봉투가 가져왔을 때보다 더 무거워진 건 기분 탓일까. 어쩌지, 이거. 그때 퍼뜩 아이디어가 떠올랐다.

"엄마, 이시이초 쪽으로 가줄래?"

야자키 선생님은 학교까지 자전거로 통근한다. 같은 반

아카네가 그렇게 말한 게 생각났다.

"야자키 선생님, 이시이초 3가 사거리에 있는 아파트에 살아. 친척이 근처에 살아서 잘 알아. 전에 그 친척 집에 놀러 갔을 때 우연히 그 아파트 1층에서 나오는 모습을 본 적이 있어. 일요일이었는데 사복이 엄청 촌스러워서 깜짝 놀랐어."

전에 나도 근처 서예 학원에 다녀서 대충은 안다.

아니나 다를까, 선생님이 사는 아파트를 금방 찾았다.

흔히 볼 수 있는 2층짜리 목조 시멘트 아파트였다.

어머니에게 차에서 기다리라고 하고 1층을 샅샅이 살펴보았다. 가장 안쪽 집 팻말에 늘 칠판에서 보는 약간 특징적인 선생님의 글씨체로 '야자키 가오루'라고 적혀 있었다. 풀네임을 적어둔 게 선생님답다.

나는 선생님 이름을 처음 알았다. '蒼月彗斗'라는 펜네임보다 선생님에게 훨씬 잘 어울린다.

오는 길에 아파트 옆에 선생님의 은회색 자전거가 서 있는 걸로 보아 선생님은 집에 계실지도 모른다. 하지만 초인종을 누르는 것이 망설여졌다.

통로에 세탁기가 있었다. 선생님은 분명 여기서 살고, 여기서 학교에 다니고, 수업을 하고 돌아와서 이 집에서 글을 쓰고 있는 것이다.

나는 문 앞에 살그머니 종이봉투를 놔두고, 편지를 우편함에 끼워놓았다.

이튿날, 학교에 가자 바로 야자키 선생님이 복도에서 불러 세웠다.

"고마워. 편집자님 편지, 읽었어."

"아, 그러셨군요."

작품 내용은 전혀 언급하지 않은 가타세 씨의 편지를 어떻게 받아들일지 몹시 마음에 걸렸지만, 그런 걱정은 기우일 정도로 선생님은 환하게 웃었다.

"확실히 그래, 맞는 말이야. 내게 맞는 출판사를 고르는 건 중요한 일이지. 입시도 그렇지만. 슈분샤는 전체적으로 문예가 약하니까. 큰 상을 받은 작가도 거의 없고. 확실히 나는 슈분샤에 잘 어울리는 작가가 아니야. 앞으로는 고에이쇼보만 노리고 신인상에 도전해보겠어."

선생님은 등을 돌리고 후련하게 멀어져갔다. 하얀 와이셔츠를 입은 뒷모습에는 자신감과 의욕이 넘치는 듯 보였다.

고에이쇼보 신인 문학상 마감은 가을이니 선생님도 이걸로 당분간 얌전해지겠지. 마음을 놓자마자 가정 동아리 부원

이토 아오이가 다가와서 직설적으로 물었다.

"아스카 너, 야자키 선생님하고 사귄다는 거 진짜야?"

기절할 뻔했다.

일부에서 그런 소문이 도는 모양이다. 확실히 요즘 선생님이 자주 불러서 이야기를 나누었고, 교무실이나 국어 준비실에도 종종 불려갔다.

그렇게 생각하는 사람이 있을지도 모른다.

게다가 선생님 아파트에서 나오는 내 모습을 보았다는 증인이 있다나. 원고를 돌려주러 갔을 때를 말하는 것이리라. 근처에 친척이 산다는 아카네가 본 걸까? 아니, 그 부근이라면 다른 친구가 지나갔어도 이상하지 않다.

아파트에서 나와? 분명 찾아가기는 했지만 집에서 나온건 아니다. 무엇보다 어머니가 차에서 기다리고 있었고, 종이봉투만 내려놓고 바로 차로 돌아왔다. 그런 정보는 쏙 빠진 것이다.

"다들 역시 소설을 쓰는 사람은 조금 다르다고들 해. 그런 어른하고 사귀다니 대단하다고."

"아니야, 안 사귀어. 정말, 정말이야."

사귀는 게 아니라 선생님의 억지스러운 요청에 응했을 뿐이다. 아니, 휘둘렸던 것이다. 몇 주밖에 되지 않았는데 휘둘린 느낌이 들었다. 억울해서 화가 났다.

하지만 이 소문이 퍼져서 학년주임에게 호출이라도 당하면 일이 귀찮아진다. 울적해져서 한숨이 나왔다.

우울한 기분으로 집에 돌아가는데, 바로 앞에 나카하라의 뒷모습이 보였다.

나카하라하고는 같은 초등학교에 다녔다. 집도 가까워서 초등학생 때는 자주 함께 놀았다. 중학교에 들어가고 나서는 함께 놀지 않게 되었지만, 그래도 내게는 이야기하기 가장 편한 남자애였다. 그 소문이 남자애들 사이에도 퍼졌을까?

"어이!"

일부러 운동부처럼 밝게 말을 걸었다.

뒤를 돌아본 나카하라는 무척 자연스럽게 대답했다.

"어어."

직접 이야기하는 건 몇 달 만인데.

"오늘 좀 이른 것 아냐? 동아리는?"

"집안일이 있어서 일찍 나왔어."

"그랬구나."

집안일. 형 문제일까? 그만두자, 그 얘기는. 그 문제는 이제 말할 필요 없다.

"저, 혹시 뭔가 들었어? 내 이야기나 그, 소문 같은 거."

"아아, 네가 야자키 선생님하고 사귄다는 거?"

"윽, 벌써 남자애들한테도 퍼졌구나."

"아, 하지만 어제 막 들었어."

"그거 완전 헛소문이야. 절대 아니야. 말도 안 되는 소리야. 정말 싫다, 너무들 해."

"그렇구나. 하지만 난 야자키 선생님 은근 좋던데."

"그럼 네가 사귀지 그래?"

"그래도 돼?"

"진심이야?"

둘이 한바탕 웃었다. 나카하라는 옛날부터 이런 식이었다.

"하지만 정말 난처해. 소문이 퍼져서 다른 선생님 귀에도 들어가면 문제가 될 것 아냐? 학년주임한테 호출이라도 당하면 싫단 말이야."

"만약 그렇게 되면 나하고 사귄다고 말해."

"그게 뭐야. 아아, 그런 거 흔해, 순정 만화나 라이트노벨에. 무슨 이유로 위장해서 사귀는데 결국 정말로 사랑에 빠진다는, 거짓말에서 시작된 진심 패턴. 그런 식상한 스토리는 문학 신인상에 내놓으면 1차도 통과 못해."

"역시 작가 선생님은 못 당해내겠어. 하지만 소문을 부정하려면 새로운 소문으로 덮어버리는 게 제일 좋은 방법이야.

원래 색깔을 지우려면 같은 색깔을 새로 덧바르는 게 가장 좋지. 섞이지도 않고, 탁해지지도 않고, 원래 색깔도 안 비치니까."

"지금 한 말, 메모해도 돼? 나카하라야말로 작가가 되어 보면 어때? 야자키 선생님보다 재능 있을 것 같아."

"아, 그 선생님도 소설을 쓰는구나. 뭐야, 역시 사귀는 거지?"

"절대 아니라고 했잖아!"

또 함께 웃었다.

"넌 이대로 작가의 길을 갈 거야?"

"음, 모르겠어. 이제야 이것저것 알게 되어서 솔직히 당황스러워. 엄청난 세상에 뛰어든 것 아닐까, 하고 뛰어든 다음에 깨달은 거지. 오에 겐자부로 소설 중에 《보기 전에 뛰어라》라는 작품이 있는데, 정말 그런 느낌이야. 잘 알지도 못하는데 그 세상에 뛰어들어버렸어. 영어 속담에 '뛰어들기 전에 확인하라'라는 말이 있는데. 뛰어들기 전에 하나도 보질 않았으니 이제 와서 깜짝 놀랄 일이 한가득이야. 그걸 생각하면 무서워."

"그럼 어때서. 뛰어들기 전에 봤으면 뛰지 못했을지도 모르잖아. 뛰었을 때가 뛸 타이밍이었던 거야, 분명. 아스카가 쓴 글, 재미있어서 다음 작품도 읽고 싶더라. 책이 나오면 꼭 살 거야. 네가 뛰어든 세상에서 뭘 봤는지 글로 써줘."

나카하라가 성이 아니라 옛날처럼 이름을 불러준 것. 내가 쓴 글이 재미있다고 말해준 것. 글을 써달라고 말해준 것.

현기증 같은 감각을 느끼며 간신히 "응"이라고 대답했다.

그날 밤, 부모님 귀에 들어가기 전에 직접 전하는 게 낫겠다 싶어 저녁밥을 먹으면서 야자키 선생님 일로 근거 없는 소문이 퍼지고 있다는 이야기를 했다.

그러자 부모님은 재미있어 죽겠다는 듯이 껄껄 웃었다.

이게 웃을 일인가? 조금 더 걱정하거나, 화를 내야 하지 않나?

"그야 있을 수 없는 일이니까, 웃겨서. 그 야자키 선생님하고? 풋!"

어머니는 무릎까지 두드려가며 웃고 있다.

"'선생님'이라니 모리 마사코♦ 말이야?"

아버지가 그렇게 말하자 어머니가 "너무 옛날 얘기라 몰라!" 하고 끊어버렸다. 심각한 방향으로 흘러가지 않은 건

♦
1972년 〈선생님〉이라는 싱글로 데뷔한 일본의 아이돌

다행이지만, 우리 부모님은 역시 조금 특이할지도 모른다.

목욕을 하고 내 방에서 드라이기로 머리카락을 말리면서 나카하라가 한 말을 떠올리고 있는데, 어머니가 들어왔다.

"드라이기 다 썼으면 빌려줄래? 세면실에 있는 건 상태가 안 좋아서."

"다 썼어. 거의 말랐으니까."

드라이기를 받아 들며 어머니가 내 얼굴을 들여다보았다.

"왜?"

"아니, 왠지 즐거운 표정이라."

"그래? 오늘 나카하라하고 오랜만에 이야기했는데, 그걸 잠깐 떠올리고 있었어."

"아하."

"뭐야? 이상한 착각 하지 마. 걔는 그냥 소꿉친구니까."

"흐음. 뭐, 상관없지. 하지만 이 말만 할게. 남자가 하는 말은 믿지 마라. 남자는 여자가 하는 말을 믿지 마라. 선생님은 학생이 하는 말을 믿지 마라. 학생은 선생님이 하는 말을 믿지 마라. 믿을 수 있는 건 오로지 나. 이게 배반당해도 절망하지 않는 단 한 가지 방법이야."

"그게 뭐야? 엄마, 킬러야? KGB? 비정해! 허망한 가르침이야. 또 영화에 나오는 대사 같은 거야?"

"글쎄, 어땠더라?"

어머니는 흥얼거리듯 대꾸하더니 드라이기를 손에 들고 나갔다.

창가에 서자 밤공기에 진하고 달콤한 향기가 녹아들어 있었다.

정원의 치자나무이리라.

언젠가 이날들을, 그리고 앞으로 다가올 날들을 글로 쓸지도 모른다는 예감이 들었다.

제목도, 그 무엇도 정해지지 않았다. 그야말로 야자키 선생님이 말한 플롯도 없는데, 그것은 확신이 되어 마음 깊은 곳에 툭 가라앉았다.

어둠 속에 하얀 치자나무 꽃이 어슴푸레 떠 있다.

나는 밤의 깊이를 느끼고 싶어 눈을 감았다.

2
교시

가정

하늘색
목도리

　인생에 가장 도움이 되는 과목은 가정이라고 엄마는 단언한다.

　가정은 실학이다. 이제는 그걸 이해할 수 있다고 하신다.

　엄마는 배 속 아이가 딸이라는 사실을 알자 이렇게 빌었다고 한다.

　제발 가정 과목에 뛰어난 아이가 되게 해주세요.

　예쁜 아이도, 똑똑한 아이도 아니고, 가정 과목에 뛰어난 아이라니.

　그 소원이 이뤄졌는지, 나는 정말 그런 아이가 되었다.

　엄마가 그렇게까지 가정 과목에 연연한 이유는 본인이 전혀 소질이 없기 때문이다. 요리도, 바느질도, 가정 과목에 속하는 모든 분야에. 서툰 정도가 아니라 비참할 정도로, 궤멸 수준으로 소질이 없다. 그 때문에 내가 지금까지 얼마나 고생했는지.

먼저 요리는 어쩌면 이렇게 맛이 없는지 묻고 싶을 정도로 끔찍하다.

아무리 요리책을 보고 만들어도 완성된 음식은 겉모습도 맛도 책과는 거리가 멀다. 유난히 맵거나, 유난히 달거나, 식감이 기분 나쁘거나, 덜 익었거나, 너무 익었거나, 너무 데쳤거나, 속이 뻣뻣하거나.

요리를 잘해보려는 노력은 했다고 한다. 결혼하기 전에 요리 학원에도 다녔던 모양이다.

하지만 배우는 그 순간에는 할 수 있어도, 돌아와서 집에서 해보면 이상하리만치 재현하지 못했다.

"뭐, 학원에서는 그룹으로 했으니까. 나도 모르는 새에 다른 사람들이 은근히 다 해줬던 거야. 그래서 완성된 음식을 시식만 했던 거지."

당연히 솜씨가 늘 리 없다.

이래서야 굳이 다닐 이유가 없다 싶어 독학하기로 했다.

요리책도 잔뜩 사고, 매달 교재와 조미료와 도구를 세트로 배달하는 온라인 요리 강좌도 수강했다고 한다.

정말 기본 중의 기본, 요리 입문 시리즈나 '초간단', '초심자', '누구나 가능'이라는 문구가 붙어 있거나 자취를 시작하는 남성을 위한 책, 초등학생을 위한 요리책부터 시작했다.

하지만 그런데도…….

"'초간단'이나 '5분 완성' 같은 건 다 거짓말이야. 과대광고지. 광고 심의 기구에 신고해야겠어."

엄마가 말하기를, 가령 《누구나 15분 만에 만들 수 있는 초간단 요리》에 실려 있는 중국요리 청초육사를 만든다고 하자.

얇게 썬 고기, 삶은 죽순, 채 썬 피망. 마늘, 생강은 다질 것. 그렇게 간단히 적혀 있지만, 일단 이 재료를 마련하기까지 30분은 족히 걸린다.

"뭐가 '누구나'야? 간판이 사기라니까. 그 말 앞에 '원래 손재주가 있고, 요리에도 익숙하고, 요리 센스도 있는 사람이라면'이란 문구를 덧붙여야 해."

분통을 터뜨리며 말했다.

엄마가 솜씨가 없는 건 사실이다. 일단 식재료를 준비하느라 꾸물거렸고, 그걸 다루는 데 또 꾸물거렸다.

그릇이나 도구 준비도 마찬가지. 즉 굉장히 손재주가 없다. 태어날 때부터 손재주가 없었다. 게다가 센스도 없다.

예를 들면 사소한 계량. 조미료를 넣는 타이밍과 양, 불의 세기, 가열 시간. 이것을 어떻게 하면 어떻게 될지 예측하는 능력. 그런 감이 전혀 없다.

결과적으로 끈적끈적, 물렁물렁, 질척질척한 요리가 완성된다.

유치원에 다닐 때, 가족 소풍에 따라온 엄마가 다른 아이들 도시락을 보고 깜짝 놀란 적이 있다.

"다들 굉장하다! 뭐야? 이 반 엄마들 중에는 요리사나 음식에 관련된 일을 하는 사람이 많은 건가?"

다른 아이들 도시락 반찬이 굉장히 화려하다거나 손이 많이 가는 것이 아니었다. 평범한 닭튀김이나 계란말이였다. 즉 우리 엄마 솜씨가 너무 심각했던 것이다.

결과적으로 우리 집 식탁은 대부분 반찬 가게에 의존하게 되었다.

사실 그게 더 맛있고 낭비도 없다. 아빠도 더 좋아하신다.

엄마 요리를 억지로 먹었다가 식탁 분위기가 험악해질 바에야 시판 제품이라도 프로가 만든 맛있는 음식을 먹고 모두 행복하다면 그 편이 훨씬 낫다. 맛있다고 생각하며 먹는 것이 몸에도 좋다고들 하고.

요리보다 더 심각한 건 바느질이다.

지금은 옛날처럼 절약하려고 양복을 직접 짓는 사람은 없다. 사는 게 저렴한 시대다. 양복을 손수 만드는 건 취미의 영역이거나 프로가 하는 일이다. 그러니 바느질을 못해도 난처할 일은 그리 없을 것 같지만, 아이가 어릴 때는 사정이 다르다. 생각지 못한 곳에 맹점이 있는 것이다.

내가 유치원에 들어갔을 때 엄마 왈. "거긴 핸드메이드 지상주의, 바느질 지옥이었어."

어쨌거나 엄마는 유치원을 고른 포인트가 오로지 급식을 제공하는 곳이라는 점으로, 환경이나 원아 수, 교육 방침은 전혀 고려하지 않았다. 급식을 하는 유치원에 들어가 도시락 쌀 걱정이 사라진 엄마는 완전히 방심하고 있었다.

엄마는 입학 전 설명회 때 받은 유인물을 보고 경악했다. 운동복 주머니, 앞치마, 식판 깔개, 컵 주머니, 준비물 주머니, 실내화 주머니, 그 모든 것을 직접 만들어야 한다는 것이었다.

과장이 아니라 종이를 든 손이 벌벌 떨렸다고 한다. 끝에는 '어머니의 애정이 깃든 핸드메이드가 최고입니다'라고 적혀 있었다.

그렇다면 애정은 있지만 솜씨가 없는 엄마, 바느질을 절망적으로 못하는 엄마는 어쩌면 좋은가. 반대로 바느질 실력은 뛰어나지만 아이에게 애정을 쏟을 수 없는 엄마도 있지 않을까? 왜 핸드메이드로 애정을 측정하려고 하는 걸까, 그게 바로미터가 되는 걸까? 하고 싶은 말은 많았지만, 현실적으로는 그렇게 호소해봤자 아무 소용 없다.

엄마가 도움을 요청한 곳은 친정이었다. 외할머니에게 울며 매달려 통째로 떠넘긴 것이다.

그런 일은 그때가 처음이 아니었다. 초등학교 고학년 때부터 고등학생 때까지 줄곧 그랬다고 한다. 가정 숙제는 전부 외할머니가 해주셨다. 다행히 외할머니는 바느질을 잘해서(그 부분은 전혀 유전되지 않았던 것이다) 어렵지 않게 해주었다고 한다.

그런 행동이 장래 딸에게 도움이 되지 않는다는 생각은 전혀 없었고, 본인이 잘하기 때문에 오히려 그것이 맹점이 되어 '바느질이나 요리 솜씨는 어른이 되면 다들 자연히 느는 법이야'라고 쉽게 생각했던 모양이다.

하지만 엄마에게 그 말은 전혀 맞아떨어지지 않았다. 아무것도 못하는 사람이 되었다. 그래도 외할머니는 이렇게 생각했다.

'뭐, 결혼해서 엄마가 되면 싫어도 하게 될 테니 자연히 솜씨가 늘겠지.'

하지만 그 기대도 보란 듯이 어긋났다.

외할머니는 손녀의 유치원 입학에 필요한 수많은 핸드메이드 준비물 리스트를 앞에 두고 뒤늦게 한탄했다.

"설마 딸이 어른이 되어서도 이런 부탁을 할 줄은 몰랐구나. 중학생 때하고 변한 게 하나도 없어."

그러면서도 어떻게든 준비물을 갖춰주었다.

유치원에 들어간 뒤에도 곤경은 이어졌다.

어느 유치원이나 벼룩시장은 흔한 행사다. 당연히 우리 유치원도 예외는 아니었다.

'집에서 안 쓰는 물건을 내놓으면 되잖아.'

가볍게 생각했던 엄마는 유치원 소식지에 또 눈을 희번덕거리게 된다. 거기에는 '집에서 쓰지 않는 물건 하나 이상, 마음이 깃든 핸드메이드 제품 하나 이상'이라고 적혀 있었던 것이다.

또다시 핸드메이드를 강요당하다니. 게다가 마음이 깃든 제품이란다. 하지만 '누구의 마음'인지는 적혀 있지 않다. 역시 의지할 수 있는 사람은 외할머니뿐이다.

외할머니에게 마음을 담아 만들어달라고 하자.

하지만 외할머니는 얼마 전 눈 수술을 한 터라 의사가 자잘한 작업을 금지했다. 의사 명령이니 어쩔 수 없었다.

다음으로 매달린 상대는 수예 솜씨가 뛰어난 친구였다.

엄마의 전문대 시절 친구로, 손재주가 워낙 좋아 주머니나 식판 깔개를 자주 선물해주었다고 한다. 지금은 그런 수예 작품을 지인의 가게에서 위탁 판매하고 있다고 하니, 프로라고 해도 될 것이다. 그 친구에게 사정을 설명하자 흔쾌히 맡아주었다고 한다.

곧바로 컵 주머니가 도착했다. 그것은 진짜 프로의 작품으로, 훌륭한 완성도를 자랑했다. 앞뒤로 다른 천을 사용해 도톰하게 만들었고, 살짝 엿보이는 안쪽에는 레이스가 달려 있었다. 오렌지색 카네이션 자수는 꽃잎 색깔이 바깥쪽으로 그러데이션을 이루었다.

훌륭하다. 아니, 지나치게 훌륭하다.

엄마는 컵 주머니를 앞에 두고 전율했다. 조금 더 대충 만들어달라고 할 걸 그랬다. 아니, 그건 프로에게 실례인가. 이미 이것을 내놓을 수밖에 없다.

그 작품을 제출한 며칠 후, 원장 선생님이 전화를 했다.

"훌륭합니다! 감동했어요. 요 몇 년 동안 가장 뛰어난 작품이에요. 세밀한 그러데이션이 얼마나 훌륭한지! 프로급 솜씨입니다. 우리 유치원에서는 보호자를 위한 취미 강좌를 여러 개 운영하고 있어요. 자녀분이 지금 유치원에 다니고 있는 어머님이나 졸업생 어머님도 계신데, 피아노나 미술처

럼 그 분야에 재능이 있는 어머님이 강사가 되어 희망자에
게 가르쳐주신답니다. 어느 강좌나 인기가 높아서 바로 정원
이 차요. 만약 괜찮으시다면 이토 씨께 자수 강좌를 부탁드
려도 될까요? 이만한 솜씨니, 부디."

그 말을 들은 엄마는 아찔했다고 한다.

"천만에요, 제 실력으로는 도저히……."

"지나친 겸손이십니다."

"천만에요."

부질없는 입씨름 끝에 결국 간신히 원만하게 거절할 수
있었지만, 온몸에서 식은땀이 폭포처럼 쏟아졌다고 한다.

이듬해, 내가 중학년으로 올라가자 엄마는 이전의 교훈
을 떠올려 그렇게까지 훌륭하지는 않은 물건을 준비하려고
다른 유치원 벼룩시장에서 파는 핸드메이드 제품을 사서 시
치미를 뚝 떼고 제출했다. 이런 짓을 해도 되는 걸까, 딸로서
불안하지 않을 수 없었다.

만약 그 유치원 관계자나 제작자 본인이 우리 유치원 벼
룩시장에 오면 어쩌나 싶었지만, 빈틈없이 멀리 떨어진 유치
원에 가서 사 왔으니 괜찮다고 했다.

엄마는 글쎄, 일부러 옆 지방까지 원정을 가서 이 핸드메
이드 제품을 입수해 온 것이었다.

"하루나 걸렸어. 이걸 손에 넣으려고 얼마나 고생했는지 몰라."

대단히 큰일을 완수한 것처럼 곱씹었지만, 그 노력을 왜 창작에 쏟지 않는 걸까?

아니, 반대로 생각해보면 그만큼 바느질을 못하고 싫어한다는 뜻이다. 그렇게 간신히 손에 넣은 핸드메이드 제품은 너무 훌륭하지도, 너무 서툴지도 않은, 어디로 보나 아마추어가 열심히 만든 느낌이 딱 알맞게 배어 나오는 에코 백이었다.

두 번째 해에는 그렇게 누군지 알지도 못하는 사람의 힘을 (멋대로) 빌려서 극복했다.

고학년이 되자 엄마가 다시 일을 시작하면서 전해처럼 다른 지방 유치원까지 멀리 찾아가 벼룩시장 핸드메이드 제품을 사냥할 시간이 없었다.

남이 만든 물건을 자기 작품이라고 속여서 제출한 행동에 양심의 가책을 다소 느꼈던 모양이다.

"마지막 정도는 직접 해볼게. 그래, 못할 것 없지. 하면 돼."

마지막은 3년째에 어울리게, 와신상담 끝에 작심한 것처럼 당장 《누구나 할 수 있는 가장 쉬운 수예책》이라는 교재를 (질리지도 않고) 사 와서 격투를 벌였다. 바늘로 손가락을 몇 번이나 찌르고, 수정을 되풀이하고, 열흘이나 걸려 겨우 휴대용 티슈 케이스(난이도 별 하나짜리)를 완성했다.

완성품은 바늘땀 크기도 들쭉날쭉하고 모양도 비뚤배뚤했다. 치수를 제대로 쟀다는데, 완성하고 보니 기묘하게 일그러졌다고 한다.

아니나 다를까, 휴대용 티슈를 넣자 픽 꺾였다.

"꺼, 꺼내기 쉽겠다, 휴지 말이야."

그렇게 말하는 게 고작이었다. 이게 엄마가 최선을 다한 결과였다.

일단 이걸 제출하자. 열의만큼은 담겨 있다(사실 열의밖에 없다).

선생님들은 첫해에 프로급 핸드메이드 제품을 제출했는데, 점점 수준이 떨어지더니 3년째에는 차마 눈 뜨고 봐주기 힘든 물건을 낸 것을 이상하게 여기지 않았을까? 나중에야 그런 의문이 들었다.

엄마는 "몸이나 정신 상태가 좋지 않은가 보다 하고 넘어가준 걸지도 모르겠네"라고 말했지만 아무래도 "어라? 이거 이상한데, 혹시?" 하고 악행을 눈치챘을 확률이 높을 것 같다.

그런 사정도 있어 그해 벼룩시장에 엄마는 금기처럼 발을 들여놓지 않았다.

유치원을 졸업하고 초등학교에 들어가니 일하는 어머니들도 많아서 그런지 핸드메이드 제품 제출을 강요받는 일은 없었다.

에코 백도 실내화 주머니도 시판 제품을 써도 된다고 해서 엄마도 상당히 부담을 던 것 같았다.

초등학교 4학년 어느 날, 토요일 오후였다.

서예 학원에서 돌아오는 길에 마중 온 엄마와 함께 졸업한 유치원 앞을 지나는데, 축제를 하고 있어 잠깐 들렀다.

오랜만에 보는 마당과 교실이 작게 느껴졌다. 튤립이 그려진 화장실 슬리퍼가 낯익어 곳곳에서 기억이 되살아났다.

벼룩시장을 여는 교실이 있었다.

"아오이? 아오이 엄마?"

우리를 부르는 소리에 돌아보니 유치원 시절, 같은 반이던 스미레네 아주머니였다.

스미레는 나하고 학구가 달라 다른 초등학교에 다닌다.

"역시! 오랜만이야. 와줬구나. 아오이도 많이 컸네."

스미레네 아주머니는 유치원 이름이 쓰인 빨간 앞치마를 두르고 있었다.

"정말 오랜만이네. 스미레 엄마는 뭘 맡은 거야?"

"맞아. 막내가 중학년이라. 오늘은 여기 벼룩시장 담당. 스미레는 축구 시합이 있어서 못 왔어."

"스미레는 축구를 하는구나."

"초등학교에 들어가서 시작했어."

엄마와 스미레네 아주머니가 그런 대화를 나누는데, 엄마의 시선이 발밑에 있는 상자에서 멈췄다.

매직으로 '균일가 10엔'이라고 적힌 그 상자에는 패스트푸드점 경품이나 당장이라도 올이 풀릴 듯한 신용금고 이름이 박힌 수건, 2년 전 십이간지 동물 장식, 딱딱하게 굳은 그림물감 튜브, 옷에 달려 있는 예비 단추, VHS 비디오테이프 클리너 등등 어디로 봐도 '공짜로 줘도 필요 없는' 물건이 난잡하게 들어 있었는데, 그 안에 낯익은 무늬가 보였다.

집어 들어보니 그것은 4년 전, 엄마가 악전고투하며 만든 바로 그 티슈 케이스였다.

"이, 이건."

내가 말하자 스미레네 아주머니가 밝게 대답했다.

"아아, 그거, 매년 안 팔리고 남는다더라. 작년에도, 그 전에도 계속. 하지만 핸드메이드 제품이라 처분할 수도 없어서 난처해. 괜찮으면 가져가렴. 공짜로 줄게."

엄마 얼굴을 차마 쳐다볼 수 없었다. 눈이 마주치면 스미레네 아주머니에게 동요하는 모습을 들킬지도 모른다.

"아, 아니, 살게. 살게. 10엔이지?"

엄마가 지갑에서 10엔짜리 동전을 꺼냈다.

"아유, 그러지 마, 이런 걸로 돈을 받으면 미안한데. 그럼 이것도 가져가, 이것도."

스미레네 아주머니는 상자 속에서 술집에서 받은 듯한 병따개와 탁상 달력(그때가 이미 7월이었다), '교토'라는 글자가 조각된 열쇠고리, 할아버지가 쓸법한 검은색 동전 지갑(냄새가 퀴퀴하다)을 주었다.

"미, 미안하네, 왠지. 이렇게 많이 주다니."

"괜찮아. 나야말로 이 잡동사니를 조금이라도 줄이고 싶었으니."

잡동사니. 그 말을 듣고도 우리는 능청스럽게 웃었다고 생각한다.

그렇지만 잘못한 사람은 아무도 없다. 그렇다. 엄마도, 스미레네 아주머니도, 티슈 케이스를 사 가지 않은 사람도, 그것을 이 상자에 처박은 사람도 잘못은 없다.

이리하여 엄마가 만든 혼신의 역작(완성도야 어쨌든)은 4년이라는 세월을 거쳐 우리 집으로 돌아왔다.

아마 안데르센 작품이었을 텐데, 그런 동화가 있었다. 주인공 여성이 바다에 버린 반지가 기이한 운명으로 돌아온다는 이야기였다. 그만한 스케일도 낭만도 없지만, 그 티슈 케이스도 분명히 귀환했다.

그 후 티슈 케이스는 두 번 다시 보지 못했다. 처분했을까, 혹은 어디에 숨겨두었을까?

"그거, 내가 쓸까?"

그렇게 말하는 것도 엄마를 상처 입히는 것 같아 그냥 넘어갔다.

"이건 모모짱의 저주야." 엄마가 말했다.

"모모짱이 누군데?" 내가 묻자 고등학교 시절 가정 선생님이라고 했다.

이름이 모모타였지만 학생은 다들 뒤에서 '모모짱'이라고 불렀다. 모모짱의 나이는 당시 쉰 안팎이었지만 고등학생 눈에는 충분히 노인으로 보였다고 한다.

파마를 한 머리카락은 백발이 희끗했고, 말랐다기보다 야위었다. 얼굴도, 몸집도. 작은 목소리로 웅얼거리듯 말하며 결코 화를 내는 일이 없었다. 굽은 등에 수수한 옷차림.

나쁜 선생님은 아니었지만, 여학생들 사이에서는 왠지 모

64

모짱을 경시하는 분위기가 있었다. 정확히 말하자면 우습게 여겼다. 그것은 모모짱이 독신이었기 때문이다. 엄마네 고향은 보수적인 시골 동네라 당시 독신을 고수하는 여성은 드물었다.

"가정 선생님인데 독신이라니 말이 돼?"

"가정 과목을 가르치는데 시집을 못 갔다니, 망신이네."

학생들은 입가를 심술궂게 일그러뜨리며 웃어댔다.

가령 가정 시간에는 아기 인형을 이용해 목욕이나 모유 수유 후 트림시키는 방법을 배우는데, 아기 인형을 안고 열심히 설명하는 모모짱의 모습을 '결혼도 못한 주제에'라는 냉담한 눈빛으로 쳐다보곤 했다.

'당신한테 배우고 싶지 않아'라는 마음으로.

또 모모짱은 무슨 짓을 해도 화를 내지 않아서 수업 중 다른 짓을 하거나 대놓고 조는 등 모두 멋대로 굴었다. 그래도 모모짱은 열심히 설명했고, 그게 또 지긋지긋해서 거슬렸다.

졸업한 뒤에는 바로 모모짱을 잊었다. 오랫동안 잊고 있었다. 하지만 결혼 후, 엄마는 이따금 모모짱을 떠올리게 되었다.

예를 들어 된장국을 만들 때, 그러고 보니 가정 시간에 배웠는데, 분명히 오래 끓인 된장국하고 끓자마자 불을 끈 된장국은 풍미가 완전히 달랐던가. 100g하고 100cc는 같은 양이었던가. 왠지 모모짱이 그렇게 말했던 것 같다. 부엌에 설 때마다, 단추를 다느라 씨름할 때마다 엄마는 모모짱을 떠올렸다.

출산하고 처음으로 아이를 목욕시킬 때 떠오른 것은 아기 인형으로 열심히 설명하던 모모짱의 모습이었다. 이런 식으로 모모짱을 떠올리는 날이 올 줄이야. 어쩌면 모모짱은 알고 있었던 게 아닐까? 언젠가 자기를 우습게 봤던 날들을 되돌아보고 깊이 반성할 날이 오리라는 것을. 그때 조금 더 성실하게 공부했다면, 하고.

이건 모모짱을 우습게 생각한 벌, 아니, 모모짱의 복수, 저주다.

우리가 수업 시간에 멋대로 굴고 뒤에서 우습게 여기는 것도 다 알면서 '두고 봐라'라고 생각한 게 분명하다고 엄마는 말했다.

언젠가 그 값을 치를 날이 반드시 찾아오리라는 것을, 모모짱은 분명 알고 있었던 것이다.

하지만 가정 과목에 젬병인 엄마 혼자 멋대로 그렇게 믿는 것이지, 다른 사람은 사실 전혀 그렇게 느끼지 않을 거라는 게 내 생각이다.

이리하여 그런 엄마에게서 태어난 나는 엄마의 바람대로, 가정 과목에 뛰어난 소녀가 되었다. 간절한 소원이 이루어진 것이다.

그럴 거면 엄청난 미소녀나 신에 가까운 두뇌의 소유자가 되라고 빌어주면 좋았을 텐데.

내가 가정 과목을 좋아하는 건 외할머니가 요리를 잘하고 가사에 뛰어난 사람이라 단순히 격세유전되었기 때문이 아닐까 싶다.

그런 나였으니 당연히 중학교 때 가정 동아리에 들었다.

초등학교 때도 그랬다. 어쨌거나 나는 가정 과목이 점지해준 아이니까.

내 입으로 말하기는 그렇지만 실제로 손재주도 뛰어나고, 뭘 시켜도 능숙하게 하고, 요리 센스도 있었다.

내가 만든 옷이나 펠트 마스코트는 다른 부원들이 견본으로 삼을 정도였고, 요리는 무엇을 어떻게 하면 어떻게 되는지 정확하게 예상할 수 있고(이 능력의 유무가 중요하다), 불을 조절하거나 조미료를 미묘하게 구분해서 사용할 줄도 알았다.

부장은 3학년이 맡았지만, 2학년인데 부부장으로 발탁된 게 실력을 말해준다고 할 수 있으리라.

일주일에 세 번만 활동하는 가정 동아리였지만 내용은 충실했다.

그런 가정 동아리에 같은 반 남학생, 노마 가쓰키가 들어왔다.

중학교 2학년 2학기 때였다.

가정 동아리에는 여학생들뿐이라, 물론 남학생은 들어오지 못한다는 법은 없었지만, 동아리가 생긴 이래 처음 있는 일이었다.

그때까지 노마는 탁구부 소속으로 제법 유망한 선수였다고 한다.

그런데 대체 왜? 그가 가입한 것은 충격적인 뉴스로 우리 학년에 퍼졌다.

선배에게 괴롭힘을 당했다, 연습이 힘들어 포기했다, 고문 선생님과 불화가 있었다, 다른 부원들의 시샘을 샀다 등등 다양한 소문이 나돌았지만, 본인이 거기에 대해 입을 열지 않아서 진상은 알지 못한 채로 모두가 '그래도 그렇지, 하필 왜 가정 동아리에?'라는 의문을 품었다.

노마는 그런 주위의 반응은 전혀 개의치 않고 가정 동아리에 들어왔다.

처음에는 당황스러웠고 개중에는 노골적으로 경계심을

드러내는 부원도 있었지만, 전혀 거북해하지 않고 누구에게 나 공평한 노마의 태도에 금세 익숙해져서 한 달도 채 지나 지 않아 마치 처음부터 그가 동아리에 있었던 것처럼 생각 하게 되었다.

실제로 노마는 바느질도 요리도 좋아하는지, 무슨 일에나 적극적으로 임했다.

지금까지 여학생들만 있는 동아리여서 약간의 불편함은 각오했지만, 그건 기우였다. 여학생들끼리만 이야기하고 싶 을 때 노마는 그것을 민감하게 알아차려 자연스럽게 자리를 피해주었고, 그렇지 않을 때는 대화에 끼어 농담으로 웃음을 유발했다.

선배들은 '갓짱'이라는 애칭으로 부르며 귀여워했고, 1학 년생들은 '갓짱 선배'라고 부르며 노마를 따랐다.

나도 노마하고는 같은 반이라도 그가 동아리에 들어오기 전에는 별로 이야기해본 적이 없었는데, 금세 친해졌다.

"도시락은 식힌 다음에 뚜껑을 덮으라고 하잖아, 그거 완 전히 식어야 하는 거야? 열이 오래 안 빠질 때도 있잖아."

어느 날 노마가 그런 질문을 했다.

"노마, 도시락도 만들어?"

"조만간 초등학교 3학년 여동생이 소풍을 가거든."

"아, 대단하다. 하지만 힘들지 않아?"

"아니, 요리를 좋아하니까."

노마가 싱긋 웃었다.

"반찬이나 밥은 충분히 식기 전에 담으면 김이 수분으로 변하거든. 수분은 세균이 번식하는 원인이 돼. 밥을 담을 때는 필요한 만큼 일단 접시에 펼쳐두면 빨리 식어. 그리고 밥을 지을 때 식초를 조금 넣으면 오래가."

"식초? 식초 냄새 안 나?"

"쌀 세 홉에 티스푼 하나 정도니까 다 지은 밥에서는 아무 냄새도 안 나."

"그렇구나. 역시 부부장이네."

"그리고 반찬은 큰 것부터 먼저 담으면 전체 균형을 잡기 쉬워."

"그렇구나. 그렇게 해볼게."

노마가 눈을 반짝거렸다. 정말 요리를 좋아하는구나.

"다정한 오빠네."

그러자 이번에는 쑥스러운 미소를 지었다.

10월이 되자 가정 동아리에서 문화제 준비를 시작했다.

전시품을 만들고 포스터와 간판을 쓰고, 할 일이 산더미

같았다. 그중에서도 호평을 받은 건 수제 쿠키 판매였다. 선배들이 남긴 '비법 황금 레시피'로 만들었는데, 이게 상당히 맛있다. 매년 이것만 사러 오는 이웃도 있다. 매상은 자선단체에 기부한다.

판매용 쿠키를 만들기 전에 한두 번 샘플을 만드는 게 관례였다.

그날이 그랬다. 버터를 상온에서 녹이고, 밀가루를 체 치고, 설탕을 계량했다.

"밀가루에 아몬드 파우더 넣는 것 잊지 마. 칼질하듯이 크게 섞어. 오븐은 170도로 달궈서 여열로 익히고."

내가 1학년들을 가르쳤다. 노마도 그 사이에 섞여 진지한 표정으로 임했다. 그는 오물이나 음식물 쓰레기도 깔끔하게 처리했고, 준비도 꼼꼼히 해서 나는 감탄하기 바빴다.

가정 실습실이 달콤한 냄새로 가득 찼다. 쿠키를 구울 때 나는 향도 과자를 만드는 즐거움 중 하나다. 행복의 냄새 그 자체다.

갓 구운 쿠키를 먹을 수 있는 것도 기쁘다. 식어도 맛있지만, 갓 구운 쿠키의 맛은 각별하다.

"앗, 뜨거워! 하지만 맛있어!"

그렇게 말하며 먹었다.

"어때?"

노마에게 물어보았다.

"맛있어. 지금까지 먹은 쿠키 중에서 제일 맛있어."

하교 시간이 다 되어서 남은 쿠키는 가지고 갈 수 있도록 종이봉투에 넣어 부원들에게 건넸다.

가정 실습실 선반 열쇠를 반납하는 당번이라 돌아가는 길에 교무실에 들르려는데 노마도 제출할 게 있다고 해서 함께 갔다.

1층 바깥 통로를 걷는데, 다른 동아리도 마침 끝났는지 수돗가에 탁구부 부원들이 모여 있었다.

순간 어쩔까 했지만, 노마는 표정 하나 바꾸지 않고 걸어 갔다. 탁구부원 중 한 명, 같은 2학년인 다니가 우리를 알아 보았다.

"야, 노마. 오랜만이네. 어때, 가정 동아리는?"

실실 웃으며 묻더니 우리 앞을 가로막았다.

"너, 여자하고 뜨개질에 요리나 하니까 좋냐? 탁구보다 재밌어?"

노마는 말이 없었다.

"결국 그거잖아? 힘든 연습이 싫어서 달아난 거지?"

노마가 무시하고 옆으로 지나가려 하자, 다니가 그의 어깨를 와락 붙잡았다.

"야! 뭐라고 말 좀 해!"

그 바람에 균형을 잃은 노마가 종이봉투를 떨어뜨려 안에 들어 있던 쿠키가 두세 개 튀어나왔다. 그것을 본 나는 피가 확 솟구쳤다.

"잠깐! 무슨 짓이야?"

나도 모르게 고함을 지르며 다니를 노려보았다.

"하나, 두울, 셋!"

그때 그런 목소리가 들려서 쳐다보니 육상부 나카하라가 바닥에 떨어진 쿠키를 종이봉투에 담고 있었다.

"이거, 3초 안에 주웠으니까 아슬아슬 세이프?"

나카하라는 쿠키에 입김을 후 불더니 입에 집어넣었다.

"어, 그거, 바닥에 떨어진 거잖아. 괜찮아?"

"괜찮아, 괜찮아. 이 정도로 어떻게 되면 인류는 이미 멸망했을 거야. 그보다 뭐야, 이거? 엄청 맛있는데?"

나카하라는 주저 없이 쿠키를 또 하나 입에 넣었다.

"이거 노마가 만든 거야? 굉장하다. 천재네. 진짜 맛있어. 다니, 너도 먹어봐."

나카하라가 다니에게 봉투를 내밀었다.

"돼, 됐어!"

다니는 고개를 휙 돌리더니 그대로 가버렸다.

"생각해서 안 떨어진 걸 주려고 했더니."

나카하라가 웃었다.

"고, 고마워, 나카하라."

"뭐가? 나야말로 고마워, 아니 잘 먹었어. 동아리 활동을
마친 다음에는 달콤한 게 최고네. 그런데 이거 정말 맛있어.
팔아도 되는 거 아니야?"

또 하나를 먹는 나카하라.

"그거 팔 거야. 문화제에서."

"아, 그렇구나. 그럼 나도 예약할까, 노마가 만든 걸로."

"부원이 모두 함께 만들어."

"그래? 그럼 꼭 사러 갈게."

나카하라가 남은 쿠키가 든 봉투를 노마에게 돌려주었다.

"됐어. 그거 줄게."

"아싸, 러키!"

나카하라가 정말로 기쁘게 웃어서 우리도 얼굴을 마주 보
며 웃고 말았다.

문화제 날이 다가왔다.

역시 쿠키가 인기라 잘 팔렸다. 노마와 내가 가게를 지킬

때 약속대로 나카하라가 쿠키를 사러 왔다.

"다섯 개 부탁해."

"어, 그렇게나 많이?"

"전에 받은 거, 형도 맛있다고 해서."

"고마워, 나카하라."

그렇게 말하며 웃는 노마의 표정이 별안간 굳었다. 시선을 따라가니 다니가 가정 실습실에 들어오는 참이었다. 순간 긴장감이 감돌았다. 다니는 우리 앞으로 다가오더니 이렇게 말했다.

"이거 두 개."

그러고는 쿠키 봉투를 가리켰다.

"아, 네. 감사합니다. 200엔입니다."

내가 돈을 받고 노마가 쿠키 봉투를 건넸다.

"고마워, 다니."

다니는 입꼬리를 슬쩍 올리며 고개를 끄덕이고 갔다.

옆에서 보고 있던 나카하라가 엄지손가락을 세우고 씩 웃었다.

문화제는 성황리에 끝났다.

작년보다 손님도 많고, 전시물도 호평받았고, 쿠키도 다

팔렸다.

　뒷정리도 노마가 힘쓰는 일을 적극적으로 맡아줘서 다들 새삼스럽게 남자 부원의 고마움을 깨달았다.

　동아리 일지를 써서 교무실에 제출하고 가정 실습실로 돌아오니, 노마가 아직 남아 있어서 자연스레 둘이 함께 돌아가게 되었다.

　하굣길은 중간까지 같지만, 함께 돌아가는 건 처음이었다.

　"가정 동아리는 어때?"

　내가 묻자 노마가 티 없이 웃었다.

　"굉장히 즐거워."

　"그럼 다행이고. 그런데 왜 가정 동아리에 들어온 거야?"

　사실은 어째서 탁구부를 그만두었는지 직접 묻고 싶었지만, 역시 망설여졌다.

　"가정 과목을 좋아해서. 나 말이야, 가정 선생님이 되고 싶어."

　"어, 가정 선생님?"

　"응, 가정과 교사."

　"어, 남자인데? 남자가 가정 선생님이 될 수 있어?"

　"될 수 있어. 전에 텔레비전에 나왔어. 숫자는 확실히 굉장히 적은 모양이지만."

"그렇구나. 몰랐어. 그야 요리사도 남자가 많고, 뜨개질이나 양재로 유명한 남자 선생님도 있으니까. 남자가 가정 선생님을 해도 이상할 것 없지. 하지만 왜 학교 선생님이야? 요리나 바느질 솜씨가 좋으면 요리사나 디자이너도 있는데."

"학교 선생님은 우리 엄마의 꿈이었어. 하지만 이런저런 사정 때문에 되지 못해서, 내가 그 꿈을 이뤄주려고. 그래서 내가 잘하는 과목, 좋아하는 과목이 뭘까 생각해보니 가정이더라."

"다정하구나, 노마는. 어머니하고 여동생을 많이 생각하네."

"별로, 그 정도는 아닌데. 이토 너야말로 가정 선생님이 되면 좋을 텐데. 요리도 바느질도 잘하니까."

"응? 생각해본 적 없어. 하지만 가정 과목은 좋아하니까 그것도 좋겠다."

"그렇다니까. 같이 선생님이 되자. 그러면 나중에 같은 학교에서 일할 수도 있고."

"글쎄. 가정 선생님은 대개 한 학교에 한 명이잖아?"

"꼭 그렇지도 않은 모양이야. 우리처럼 작은 시골 학교는 한 명이지만 큰 학교에는 두 명쯤 된대."

"그렇구나. 역시 자세히 아네."

다정하고 재주 많은 노마에게 가정 선생님이 잘 어울리는 것 같았다.

"그래서 또 가정 동아리 고문이 되어서⋯⋯."

나는 웃으며 말했다.

"비법 황금 레시피 쿠키를 잔뜩 파는 거야."

노마가 그 말을 받아 함께 웃었다.

그리고 내가 가정 과목을 좋아하는 이유로 이야기가 넘어갔다. 그것은 엄마의 에피소드로 이어졌고, '모모짱의 저주' 부분에서 노마는 껄껄 웃었다.

"아, 우리 집 여기야."

노마가 가리킨 곳에 3층짜리 맨션이 있었다.

"응. 그럼 또 봐."

내가 인사를 하자 노마도 싱긋 웃으며 등을 돌리고 걸어갔다. 그 뒷모습을 보면서 의외로 어깨가 넓다고 생각했다.

문화제가 끝나고 동아리는 일상으로 돌아갔다.

11월 중순이 지난 이 시기면 항상 그렇듯 뜨개질에 매달린다.

기본은 목도리. 부원들은 완성하면 누구에게 선물할까, 하는 이야기로도 왁자지껄하다.

대바늘을 움직이는데, 노마가 미안한 기색으로 물었다.

"오늘 조금 볼일이 있는데 일찍 가도 될까?"

"물론이지."

"그럼 이만. 미안해."

작은 목소리로 말하더니 가방을 들고는 빠른 걸음으로 나갔다.

하교 시간을 알리는 방송을 듣고 뒷정리와 청소를 하는데, 노마가 앉아 있던 의자 위에 파일이 있었다. 거기에는 이과 숙제 프린트가 끼워져 있었다. 분명 제출 기한은 내일이었다.

이런 건 잊어버리면 안 되잖아.

이과 선생님은 제출물에 유독 엄격하다. 전해줘야지, 하는 생각으로 책가방에 넣었다.

노마네 집은 대충 안다.

호수까지는 몰랐지만, 맨션 입구에 있는 우편함으로 확인했다. 202호. 철근 콘크리트 계단을 올랐다. 분명 '노마'라고 쓰인 팻말이 붙어 있었다. 인터폰을 눌렀다.

"네."

여자아이 목소리가 들렸다. 전에 말한 여동생이리라.

"저기, 저는 노마하고 같은 반 친구 이토라고 하는데요,

노마 있나요?"

"잠깐만 기다리세요."

자물쇠를 여는 소리가 나더니 문이 열리면서 땋은 머리를
한 소녀가 고개를 내밀었다.

눈매가 또렷하고 귀여운 아이다.

"저, 오빠는 지금 잠깐 밖에 나갔는데. 엄마 약을 사러 약
국에."

"어, 그래요?"

볼일이라는 게 이거였나. 어머니가 편찮으신가?

"히토미, 왜 그래? 누가 왔니?"

안에서 목소리가 들리더니 잠옷 위에 보라색 카디건을 걸
친 여성이 나왔다. 얼굴이 창백했다. 흐트러진 긴 머리카락
을 손으로 누르며 나를 보더니 미소와 함께 고개를 숙였다.

머리카락을 누르고 있는 손은 앙상하고, 똑바로 보기 미
안할 만큼 야위었다.

"아, 죄송합니다. 전 노마하고 같은 반, 같은 동아리에 있
는 이토라고 합니다. 노마가 이걸 가정 실습실에 두고 가서."

파일을 내밀었다.

"아, 어머나, 참. 정말 미안하구나, 일부러. 걔는 지금 잠깐
나갔는데. 아, 같은 동아리 이토라고 했지. 아들한테 이야기

는 자주 들었어."

노마가 나를 어떤 식으로 이야기했는지 조금 궁금했다.

"내가 이런 꼴이라, 그 애한테도 부담만 주고. 내가 몸이 조금 안 좋아서 말이야."

노마네 아주머니는 잠옷 깃을 그러모았다.

"매일 연습해야 하는 탁구부를 그만둔다고 했을 때는 나도 그렇게까지 할 필요는 없다고 했지만, 입원했을 때는 그애한테 매달릴 수밖에 없어서. 집안일도 그렇고 여동생 보살피는 일도 그렇고, 전부 떠맡기다니 부모로서 면목이 없어."

노마네 아주머니는 내가 사정을 다 안다고 생각하고 말씀하시는 것 같았다.

어쩌지?

"그래서 가정 동아리를 고른 거란다. 활동하는 날도 적고 요리나 바느질도 배울 수 있다면서. 하지만 막상 들어가보니 굉장히 재미있다는 거야. 너나 다른 아이들이 잘 대해줬다고 들었어. 정말 고맙구나."

노마네 아주머니가 고개를 숙였다.

"아니에요."

몇 번이나 인사를 하는 아주머니께 어쩔 줄 몰라 하며 노마네 집을 뒤로했다.

그랬구나. 노마가 탁구부를 그만둔 건 어머니가 병으로 입원했기 때문이었다.

그러고 보니 노마네 집은 아버지가 안 계신다고 들은 적이 있다. 노마가 어머니 대신 집안일도 하고 여동생도 돌봤구나.

그런 노마에게 가정 동아리는 안성맞춤이었을 것이다.

그럼 가정 선생님이 되고 싶어서 동아리에 들어왔다는 건 거짓말일까?

아니, 사실을 말하기 거북했겠지. 들키기 싫었을 것이다. 오늘 들은 이야기는 가슴속에 묻어두자.

아주머니의 병은 괜찮은 걸까? 그래도 퇴원해서 집에 있다는 건 좋아졌다는 뜻이겠지?

아, 그럼 노마는 탁구부로 돌아갈까?

아니, 그럴 리는 없나. 하지만.

노마가 가정 동아리에서 사라진다고 생각하니 갑자기 왈칵 쓸쓸해졌다.

그래, 모처럼 적응했는데. 기념할 만한 첫 남자 부원이고.

그렇지만 그게 전부는 아닌 무언가가 답답하게 소용돌이쳤다.

다음 날, 수업이 시작되기 전에 노마가 내 자리로 와서 말했다.

"어제는 고마웠어. 일부러 집까지 파일을 가져다줘서. 덕분에 살았어."

"으, 응."

잠시 침묵이 흐르고 몇 초간 시선이 마주쳤다. 뭔가 할 말이 있는 것 같았지만, 말이 이어지지 않았다.

노마는 내가 집안 사정을 들은 걸 알까? 하지만 물어볼 수는 없다.

종소리가 울리고 노마는 자기 자리로 돌아갔다.

한동안 마음에 걸렸지만, 그 후 동아리 시간에는 지극히 평범해서 평소와 다름없었다. 오히려 지금까지보다 표정이 더 밝고 활기차 보였다.

분명 어머니가 좋아지신 걸 거야.

다행이라고 생각하는 동시에 어쩌면 탁구부로 돌아가지 않을까, 아니, 탁구부가 아니라도 다른 동아리로 옮길지 모른다는 생각이 들어 몹시 동요하는 내 자신이 당황스러웠다.

하지만 만약 그렇게 되어도 그건 노마의 자유고, 어쩔 수 없는 일이다.

11월 중순, 기말시험 준비 때문에 한동안 동아리 활동을 중단했다.

12월 초가 되어 기말시험도 끝나자 다시 동아리 활동을 시작했다.

손이 빠른 아이는 벌써 목도리를 다 떴다. 나카하라에게 건넸다는 3학년 선배도 있었다. 나카하라는 상급생 여학생들에게도 인기가 있었다.

"노마는 어쩔 거야, 목도리? 직접 쓸 거야?"

우연히 가정 실습실에서 둘만 있을 때 물어보았다.

노마는 파란 단색 목도리를 뜨고 있었다. 내가 뜨는 목도리는 후배에게 "중후하네요"라는 말을 들은 모스 그린 컬러였다.

"음, 어쩔까, 아직 안 정했어."

"그럼, 그럼 말이야, 나하고 교환하지 않을래?"

"응?"

"그러면 의욕이 생기잖아. 그냥 뜨는 것보다."

"어, 하지만."

"아, 혹시 싫으면 됐어. 그냥 말해본 것뿐이야."

"싫지 않아. 그게 아니라 난 처음이라 서투니까, 그런 거랑 네가 뜬 훌륭한 목도리랑 교환하면 미안해서."

"그렇지 않아! 그럼 찬성한 거지? 약속이야."

"응."

노마가 웃는 얼굴로 대답했다.

기왕 선물하는 거니 노마의 이니셜을 넣기로 했다.

뜨개질을 하면서 왠지 들뜬 기분을 깨닫고 '아니, 이건 선물이 아니야, 그냥 교환, 그간의 동아리 활동 성과를 서로 확인하기 위한 거야' 하고 스스로를 타일렀다.

종업식이 끝나고, 올해 마지막 동아리 활동이 있었다.

평소에는 하지 않지만 가정 실습실 선반을 대청소했다. 청소가 끝나고 돌아가는 길에, 딱히 약속한 건 아니지만 언젠가 그랬던 것처럼 둘이서 나란히 교문을 나섰다.

겨울 해는 금방 기울어서 주변에 포도색 노을이 지고 있었다. 길에 떨어진 낙엽이 바람에 나부껴 메마른 소리를 냈다.

"아, 이거."

강변길에 접어들자 노마가 걸음을 멈추고 가방에서 코발트블루색 목도리를 꺼냈다.

"아, 나도."

나도 내가 뜬 목도리를 쇼핑백에서 꺼냈다.

막상 꺼내긴 했지만 새삼 얼굴을 맞대니 왠지 쑥스러웠다.

어쩌지? 손에 든 목도리에 시선을 떨어뜨린 바로 그 순간, 목덜미가 포근하니 따스해졌다.

노마가 목도리를 둘러준 것이다.

"부부장, 고생 많았어."

해가 저물면서 노마의 얼굴에 짙은 그늘이 져서 어른스러워 보였다. 나도 허둥지둥 노마의 목에 목도리를 둘렀다.

"아, 굉장하다, 이니셜이 들어가 있네."

노마가 바로 알아차리고 말했다. 내 것도 보니 작은 무당벌레 단추가 달려 있었다.

"미안, 난 아직 이니셜 같은 건 넣지 못해서 집에 있던 단추를 단 게 고작이야."

"아니야, 너무 귀여워. 고마워."

쑥스러운 마음을 지우려는 듯이 함께 웃었다.

"그럼 이건 동지의 증표네."

"동지?"

"응, 똑같이 가정 선생님을 목표로 하는 동지."

"어, 이토도 그럴 마음이 들었어?"

"뭐. 그러니 서로 힘내자는 의미야."

일부러 장난스러운 말투로 말했다.

"응, 힘내자."

노마의 마지막 말이 강하게 울렸다.

겨울방학이 되고, 정신없이 연말연시가 지나고(매년 그렇지만), 비교적 긴 겨울방학이 끝났다(우리 지역은 한파가 대단해서 여름방학이 짧고 그만큼 겨울방학이 길다). 등교 첫날, 나는 그 코발트블루색 목도리를 하고 학교에 갔다.

노마도 내 목도리를 두르고 왔을까?

두근거리는 마음으로 교실에 들어갔다.

하지만 거기에 그의 모습은 없었다.

빈 책상이 동그마니 놓여 있을 뿐이었다.

무슨 일일까? 새 학기가 시작되자마자 쉬는 걸까? 감기라도 걸렸나?

체육관에서 시업식을 마친 뒤 교실로 돌아가니 선생님이 첫 소식으로 알려주었다.

"갑작스러운 얘기라 놀랄지도 모르지만, 노마 가쓰키는 집안 사정으로 에히메현으로 이사를 갔다. 반 친구들에게 인사를 전해달라는구나."

교실이 술렁거렸다.

뭐어? 거짓말. 왜?

어째서, 너 알고 있었어? 몰라.

어째서, 어째서, 술렁임은 그칠 줄 몰랐다.

거짓말.

그 말밖에 나오지 않았다. 그건 거짓말이라고, 머릿속 피가 쏙 빠져나가는 느낌이 들고 바닷속에 있는 것처럼 주변의 소리가 작아졌다 커졌다 하며 메아리쳤다.

거짓말, 거짓말, 거짓말.

바보처럼 그 말밖에 나오지 않았다.

그리고 무엇이 어떻게 되었는지 거의 기억이 없었다. 정신을 차리고 보니 교실에 남은 사람은 나 하나뿐이었다.

오늘은 개학식뿐이라 어느새 다들 돌아간 모양이었다.

나는 내 자리에서 일어서지도 못하고 그대로 있었다. 내 몸이 아닌 것처럼 힘이 들어가지 않았다.

교실은 금가루를 뿌린 것처럼 부드러운 겨울 햇살로 가득했다.

"역시. 아직 남아 있었구나."

그런 목소리에 고개를 돌려보니 나카하라였다.

"괜찮아?"

나카하라가 내 앞자리 책상에 걸터앉았다.

"나, 나카하라, 혹시 알고 있었어? 노마 말이야, 뭔가 들었어?"

달려들 기세로 묻는 내게 나카하라는 교복 가슴 주머니를 뒤지더니 종이 한 장을 꺼냈다. 두 번 접힌 그 종이에는 에히메현 ○○시라고 적힌 주소와 전화번호가 있었다.

"왜 나카하라가 이걸?"

"겨울방학이 시작되자마자 그 녀석이 연락해서 이걸 건네줬어."

"왜, 왜 나카하라한테? 내가 아니라 왜 나카하라야? 나카하라는 노마하고 친하지 않았잖아!"

말하고 난 뒤에 지나쳤다고 생각했지만, 나카하라는 딱히 마음 상한 기색도 없이 작게 숨을 토했다.

"친하니까, 좋게 생각하니까, 그래서 더 말하기 힘든 일도 있지 않을까?"

조용한 목소리였다. 나는 말없이 고개를 숙이고 책상 위로 깍지 낀 손가락을 하염없이 바라보았다.

"어머니가 에히메에 있는 호스피스 시설에 들어가신대."

"어, 호스피스라니."

깜짝 놀라 고개를 들었다.

"그쪽에 친척이 있어서 좋은 시설에 들어가게 되었다고."

"잠깐, 잠깐. 호스피스라니, 무슨 소리야? 퇴원했다고, 얼마 전에, 노마네 아주머니하고 얘기했단 말이야. 그건 이상해. 그럴 리 없어."

"좋아져서 퇴원한 게 아니야. 병원에서 돌려보낸 거야. 좋아질 가망이 없으니까."

"그럴 수가, 하지만 그런 말은 한마디도, 전혀, 아무 말도
안 했단 말이야! 노마도, 전혀, 멀쩡하게 씩씩했는데! 거짓말
하지 마!"

숨을 몰아쉬며 나카하라를 쳐다보았다. 호수 같은 눈동자
가 이쪽을 바라보고 있었다.

"노마네 집, 어릴 때 아버지가 돌아가셔서 그 후로 줄곧
아주머니 혼자 일해서 아이 둘을 키웠어. 아주머니는 잠잘
시간도 아껴가며 일을 몇 개씩 하셨어. 쉬지 않고 일했지만
약한 소리는 한마디도 하지 않는 분이었대. 자기 일은 한참
뒷전이고. 하지만 그 탓에 암을 발견했을 때는 이미 손 쓸 수
없이 늦었던가 봐. 노마는 자기들 때문이라고, 자기를 탓했
지만."

이야기를 듣는데 심장이 아렸다.

"난 아무것도 몰랐어. 몰랐단 말이야."

손으로 얼굴을 가렸다. 손가락 사이로 눈물이 새어 나왔다.

"감추고 싶었던 것 아닐까?"

"왜? 못 미더워서?"

조용히 고개를 젓는 나카하라.

"슬퍼하지 않았으면 하는 사람이라 그런 것 아닐까?"

그건 불가능해, 노마.

어쨌거나 나는 이렇게 슬픈걸.

교실에 내가 흐느끼는 소리가 울렸다.

눈물에 젖은 얼굴을 들어 꺽꺽거리며 물었다.

"넌 에히메에 가본 적 있어?"

"없어."

"나도. 하지만 좋은 곳이지? 날씨도 따뜻하고, 세토내해에 접해 있고. 적어도 추위도 더위도 심한 이곳보다는 훨씬 좋을 거야. 그러니까 병도 낫지 않을까? 그렇게 환경이 좋은 곳에 가면, 응?"

간절하게 바라보았지만 나카하라는 아무 말도 없었다.

알고 있다. 이럴 때 나카하라는 뻔한 위로를 입에 담는 사람이 아니다.

"그러면 좋겠네."

짤막하게 그렇게만 말했다.

"그럴 거야, 그래, 그렇잖아, 아주머니가 돌아가시면 노마는, 여동생은, 어떻게 돼?"

그렇게 말하니 다시 눈물이 넘쳐흘렀다.

내가 아닌 누군가를 위해 운 건 처음이었다.

나카하라가 몇 번이나 "괜찮아?"라고 물으며 "바래다줄까?"라고 했지만 거절했다. 혼자 돌아가고 싶었다. "연락처는? 안 베껴도 돼?" 그 물음에도 고개를 저었다.

"그래. 그럼 필요해지면 언제든 말해."

나카하라는 연락처가 적힌 종이를 두 번 접어서 다시 가슴 주머니에 넣었다.

노마와 둘이서 돌아갔던 그 길을 걸었다.

그날, 목도리를 교환하던 자리에 서보았다. 북풍이 가차없이 휘몰아쳐 머리카락을 흐트러뜨렸다. 바람이 차가워 목도리를 입가까지 끌어올렸다.

에히메는 따뜻하니까, 목도리는 하지 않겠지?

하지만 노마가 어디에 있어도, 어른이 되어도, 내가 이 목도리를 하고 있으면 바로 알아볼 거야. 그렇잖아, 동지의 증표니까.

둘이 가정 선생님이 될 거니까. 그렇게 약속했으니까.

우러러본 하늘은 목도리와 같은, 눈부신 파란색이었다.

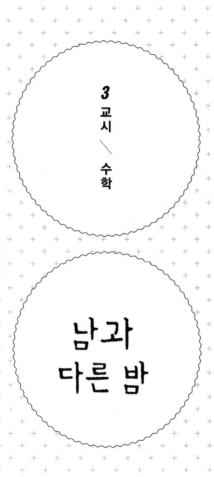

3
교시 / 수학

남과
다른 밤

　어이, 거짓말이지?

　눈을 의심한다는 게 이런 건가.

　아니, 실제로 착각한 줄 알고 다시 한번 눈에 힘을 주고 바라보았다. 하지만 그대로였다. 9점. 일 단위밖에 없는, 한 자릿수 9.

　시험 점수. 물론 10점 만점에 9점이 아니다. 그랬다면 얼마나 좋았을까? 50점 만점도 아니다. 그렇다면 차라리 다행이다. 그나마 낫다.

　100점 만점에 9점인 것이다. 어떻게 봐도 9. 앞에도 뒤에도 다른 숫자는 없다. 숫자 하나 9. 그것뿐.

　설마 내가 이런 점수를 받다니, 받아들일 수 없다. 받아들이고 싶지 않다.

어쩌지. 어쩌지. 어쩐다?

아니, 어쩔 도리가 없잖아.

칠흑같이 어두운 공간에 혼자 있는 듯한 느낌이 나를 덮쳤다. 고독. 이름을 붙인다면 그게 가장 가까울지 모른다. 주위에 사람이 있는데 지금 나는 절망적으로 외톨이다. 그 느낌은 공포에 가까웠다.

그와 동시에 시험 점수에 이토록 흔들리는 자신을 어리석다고 생각하는 마음도 어딘가에 있었다. 즉 혼란스러웠다.

그 증거로 심장이 요란하게 뛰었다. 심장이 어디 있는지 이토록 확실하게 느낀 건 처음 아닐까? 가, 가슴이 아프다.

입시 학원의 한 교실.

얼마 전 치른 모의고사 결과를 받았다. 처음 치른 고난도 시험이었다.

어려운 줄은 처음부터 알고 있었다. 하지만 이 정도인 줄은 몰랐다. 우습게 봤다.

학교 정기 고사에서는 늘 상위권이었다.

정해준 범위를 성실하게 공부한다. 기초를 확실하게 다진다. 그건 잘한다. 하지만 응용력이 없다. 그건 나도 잘 안다. 조금만 달라지면 바로 실패한다. 여자들 중에 이런 타입이 많다고 하는데, 나는 남자다.

그런 것도 왠지 한심스러웠다.

이 지역 공립 고등학교에 들어가는 거라면 그래도 된다.

학교 수업을 중심으로 한 학습. 그것만 제대로 하면 정기 고사에서 점수는 딸 수 있다. 내신 성적도 좋다.

하지만 나는 약 1년 후, 중학교를 졸업하고 아버지가 전근을 가시는 관계로 도쿄로 갈 예정이다.

부모님은 때마침 잘됐다고 하셨다. 절호의 타이밍에 도쿄로 돌아갈 수 있다고. 분명 그럴지도 모른다. 어중간하게 중학교에 다니는 도중이나 고등학교에 들어간 뒤에 전근하게 되면 번거로운 일도 많으리라. 그에 비하면 분명 딱 좋은 시기일지도 모른다.

하지만 그것은 혼자만 멀리 떨어진 다른 고등학교에 도전한다는 뜻으로, 주위와 다른 행동을 하거나 누군가와 공유할 수 없는 문제를 끌어안는 것은 지금까지 경험해본 적이 없었다.

나는 원래 도쿄에서 태어났다. 유치원까지 도쿄에서 다녔고, 그 후 초등학교 4학년 때까지 가나가와에서 지냈다. 그 후 이 동네에 와서 4년을 보냈다. 1년 후에 도쿄로 돌아간다는 건 처음부터 알고 있었다.

그건 마침 내가 중학교를 졸업하고 남동생이 초등학교를

졸업하는 해라 어쩌면 아버지 회사에서 그렇게 배려해준 건지도 몰랐다.

남동생은 도쿄의 공립 중학교에 들어갈 테니 그나마 낫지만, 문제는 나였다.

이 태평한 시골 중학교에 다니면서 경쟁이 치열한 도쿄의 고등학교 입시를 치러야 하는 것이다. 당연히 지금 다니는 중학교 선생님은 도쿄의 입시 사정에 그리 밝지 않다. 혼자 싸워야 한다.

유별나 보이겠지만 그렇게라도 생각하지 않으면 내 안에서 뭔가가 무너질 것만 같았다.

아직 중 2, 아니, 벌써 중 2라고 해야 할까.

지금이 2월이니 입시까지는 정확히 1년. 도시의 학교에서는 고등학교 입시를 위해 중학교 입학 전부터 고등학교 입시 학원에 다니는 사람도 있다고 한다. 나도 지난달부터 가까운 학원이 아니라 이 지역 중심부에 있는 입시 학원으로 옮겼다.

여기에는 이 지역 최고의 명문 고등학교 입학을 노리는 중학생이 많았지만, 개중에는 나처럼 다른 지역 고등학교 시험을 치르는 학생도 있었다. 의사나 대학교수의 아이들로, 전국적으로 유명하고 합격하기도 어려운 수도권 고등학교를 목표로 한다.

　그런 학생은 매년 몇 명씩 있어, 입학한 후에는 하숙을 하거나 기숙사에 들어가는 모양이지만, 개중에는 아버지를 남겨두고 어머니와 함께 이사 가는 경우도 있다고 한다.

　요컨대 입시에 열을 올리는 집 아이가 많이 다니는 학원이었다.

　지난달, 다른 지역 고등학교 진학을 희망하는 학원생들이 수도권의 고난도 모의고사를 치렀다. 그 결과가 오늘 나온 것이다.

　국어는 간신히 평균점을 받았지만 다른 과목은 참담했다. 특히 수학이 지독했다. 고작 9점. 시험에서 나쁜 점수를 받았다고 말하기도 민망했다. 나쁜 점수라는 건 하다못해 두 자릿수는 되어야 한다. 이건 '나쁜' 점수가 아니라 '끔찍한' 점수라고밖에 할 수 없다. 시험 점수 때문에 위가 쓰린 건 처음이었다. 아니, 아픈 걸 넘어서서 속이 메슥거렸다.

　으윽, 토할 것 같다. 시험 점수 때문에 토할 것 같다.

　당연히 지망 학교 입학 판정은 전부 E. 전혀 가망이 없다는 뜻이다.

　합격률 0퍼센트.

　아니, 0에도 못 미칠지 모른다. 절망적인 공포감에 사로

잡혔다.

야, 어쩔 거야. 갈 수 있는 곳이 없잖아. 아니, 없는 것은 아니다. 도시에도 적당한 고등학교는 있다. 오히려 학교 수가 적은 시골보다 그런 고등학교는 더 많을 것이다.

하지만 내가 가고 싶은(정확히 말하면 부모님이 보내고 싶어 하는) 고등학교는 가능성 제로, 아니, 마이너스인 게 현실이다.

모의고사 결과를 두고 부모님은 "으음" 하고 신음했다.

그것은 목소리가 아니라 정말 신음 소리였다. 그 소리밖에 나오지 않았으리라.

"괘, 괜찮아. 지금부터 노력하면. 넌 머리가 좋잖아."

"그, 그래. 이제부터 좋아질 가능성이 있다는 뜻이니까, 이제부터야, 이제부터."

부모님은 반쯤 스스로를 세뇌하듯 그렇게 말했다. 포기하실 줄 알았는데, 지금까지 성적이 좋았던 탓에 오히려 역효과가 났다. 하지만 두 사람은 오해하고 있다. 아니, 오해라기보다 받아들일 수 없어 인정하기 싫은 것이리라. 실은 아들이 그 정도 수준은 아니라는 사실을.

내 성적이 좋다고 해도 그것은 교과서의 정해진 범위를 꾸준히 공부한 덕에 정기 고사 성적이 좋은 것뿐이지, 진짜 실력은 그저 그렇다. 이게 지금의 내 한계다. 더 올라갈 여유가 있는 성적이 아니다.

열심히 노력해서 이 정도다. 그건 내가 가장 잘 안다.

예를 들어 같은 반 나카하라는 전혀 다르다. 그 녀석은 힘을 남겨둔 상태에서 나하고 비슷하거나 그 이상의 결과를 손쉽게 낸다. 이야기를 해봐도 알 수 있다. 이 녀석은 타고난 머리가 좋다는 걸. 그런 녀석이라면 앞으로 얼마든지 성장하겠지.

하지만 나는 다르다. 더 이상 내게 기대하지 마. 현실을 봐줘. 사실을 인정해줘. 당신들 아이는, 당신들이 생각하는 것만큼 뛰어나지 않아.

그렇게 말하고 싶었지만 역시 입 밖에 내지는 못했다. 편한 쪽으로 흘러가고 싶은 마음도 있었지만, 한편으로는 죽을 각오로 노력하면 어떻게 되지 않을까, 하는 생각도 차마 버릴 수 없었다.

그렇다, 분명 포기하기엔 아직 이르다.

또 위가 굳는 것 같았지만 침을 꼴깍 삼켜 간신히 억눌렀다. 어쨌거나 자신 없는 과목을 마스터해야 한다.

눈앞에 닥친 과제를 하나씩 해치우자. 그 수밖에 없다.

《하이 클래스 철저 분석 문제집》,《최고 수준 특선 문제집》을 펼쳤다.

슬쩍 보기만 해도 이미 눈이 거부하고 있다. 이런 걸 풀 수 있는 동갑내기가 있을까? 아니, 있다. 게다가 술술 푸는 녀석이. 어떻게 생각해도 당해낼 리 없다. 아마 처음부터 머리 구조가 다를 것이다.

문제집을 앞에 두고 글자 그대로 머리를 싸맸다.

이대로 이 시골 동네에서 동네 고등학교에 진학한다면 그럭저럭 괜찮은 곳에 들어갈 수 있겠지. 어쨌거나 인구가 적으니 학교 수도 뻔하고 선택지도 적다.

일단 입시 명문이라고 불리는 학교는 있지만, 도시의 그것에 비하면 만만하다.

우리 중학교의 경우 보통 1등부터 30등 사이라면 갈 수 있다. 나도 그곳이라면 여유롭게 들어갈 수 있다. 이렇게 사면초가로 초조해할 필요도 없는데.

실제로 그곳을 노리는 학생들은 느긋했다. 1년 후면 입시지만 열심히 공부하는 학생은 거의 찾아볼 수 없다.

3학년이 되면 선배들도 없으니 동아리도 학교 행사도 자기들 마음대로 할 수 있다고 기대하는 녀석들뿐이다.

나도 여기에 계속 있을 거라면 그 아이들처럼 즐길 수 있었겠지.

혼자만 주위 사람들과 다르다는 것이 이렇게나 고독한 것이었나.

"다른 아이들 입장에서는 다들 너를 부러워할 거야, 분명해. 이렇게 지루한 시골에서 벗어나 도쿄의 학교에 갈 수 있으니까. 대신할 수 있다면 바꿔달라고 할걸. 게다가 대학 입시를 생각하면 아무래도 도시 학교하고는 차이가 나니까. 마음가짐이 달라. 3년 후에 깨닫고 나면 늦어. 네 인생에는 유리한 일이야."

어머니는 그렇게 말씀하시지만, 정말 그럴까?

아니, 지금 그런 생각은 하지 말자. 생각해봤자 절대 풀 수 없는 문제에 시간과 노력을 들이는 건 낭비다. 그보다 지금은 조금이라도 수학 응용력을 기르는 게 우선이다.

그렇지만 어려운 문제는 해답을 봐도 전혀 이해가 가지 않았다.

큰일이다, 초조하다.

쉬는 시간에도 책상 앞에 앉아 문제집을 펼치는 일이 잦아졌다.

반 친구들은 다들 내가 졸업하고 도쿄로 이사 가는 줄 아니까 놀리거나 빈정거리는 일은 없었다. 오히려 가엾다는 눈으로 바라보며 자기들은 동네 학교를 골라서 다행이라고 속

삭이는 마음속 소리가 들리는 것 같았다.

그날도 학원에서 돌아오는 길이었다. 동아리는 바둑 장기 부였지만, 요즘은 활동이 거의 없어 바로 귀가하곤 했기 때문에 학교 수업이 끝나면 거의 매일 학원에 갔다.

버스와 전철을 갈아타고 시내 학원에 가서 오후 9시가 넘어서 돌아온다. 이동할 때도 문제집을 펼친다.

오늘 수업을 되짚어본다. 강사의 말을 더듬는다.

정기 고사에서는 90점 이상 나오는데, 실력 고사나 모의고사 결과가 나쁜 데는 확실한 이유가 있다. 기초 지식을 정확하게 끌어내는 능력이 없는 것이다.

문제를 봐도 결국 어느 정보를 써서 풀어야 하는지 감이 오지 않는다. 이 응용력을 키우려면 많은 문제를 풀어보는 수밖에 없다. 하지만 모른다고 해서 바로 해답을 봐서는 안 된다. 답을 보고 풀이를 이해했다고 생각해도 실제로 직접 해보면 풀지 못한다. 어려운 문제에 시간을 들여 다양한 방법을 고민하며 해답을 찾는다. 그게 안 되면 또 다른 방법을 찾는다. 그렇게 하면서 응용력이 붙는다.

알아, 안다고.

듣고 보면 그렇구나 싶다. 맞는 말이다.

하지만 좀처럼 생각대로 되지 않는다. 절대 마음대로 풀리지 않는다.

버스 정류장에서 내린 승객은 나 하나뿐이었다. 주변은 이미 캄캄했다.

나도 모르게 깊은 한숨이 나왔다.

"야!"

뒤에서 목소리가 들려 고개를 돌려보니, 같은 반 나카하라였다. 달리기를 하고 있었던 모양이다.

"이런 시간에 어쩐 일이야?"

나카하라가 해맑게 웃으며 물었다.

"학원 끝나고 돌아가는 길이야."

"어, 고생이 많네. 아 참, 쓰보타 너 고등학교는 도쿄로 간 댔나?"

"응, 뭐. 나카하라는 거기지? 니시모리 고등학교 맞지?"

"뭐, 아마. 달리 선택의 여지가 없으니까. 여기선 고를 수 있는 곳이 한정되어 있잖아."

"아까워. 너라면 더 좋은 곳에 갈 수 있는데."

"아니, 충분해. 여기서 또 변화 없는 생활을 하겠지. 그 사이 쓰보타는 도시 소년이 되는 건가. 좋겠다, 도쿄. 나도 가고 싶어. 이 귀중한 십대 시절의 3년을 어디서 보내는가가 그 후의 인생에 의외로 영향을 미칠 것 같거든. 나도 다른 풍경을 보고 싶어. 과일하고 채소밭밖에 없는 이런 곳 말고. 부러워."

"그럼 바꿔줘! 그런 소리를 할 거면!"

나 자신도 뜻밖일 정도로 큰 소리가 나왔다. 나카하라가 놀란 얼굴로 바라보았다.

"아, 미안. 내가 좀."

시선을 피하고 고개를 돌렸다.

"아니, 나야말로, 왠지 미안해."

잠시 침묵이 흘렀다.

"도쿄에 가기 싫어?"

나카하라가 물었다.

"가, 가고 싶지 않아. 친구들처럼, 여기서 이곳 고등학교에 가고 싶어. 동아리도 수학여행도 함께 즐기고, 여기서 계속 살고 싶어. 학원에도 그만 가고 싶고, 모의고사도 치르기 싫고, 하이 레벨 문제는 꼴도 보기 싫어. 이제 지긋지긋해, 싫다고!"

나카하라에게 이런 소리를 해도 소용없다는 걸 알지만, 전부 털어놓고 말았다. 말하면서 나는 단순히 달아나고 싶은 것뿐이라는 사실도 알아차렸다.

편한 쪽으로, 편한 쪽으로. 내 모습이 한심해서 비참했다.

"그렇게 싫어, 도쿄 가는 게?"

"응."

부루퉁하게 대답했다.

"여기 있고 싶어, 쭉."

응석이라는 건 안다. 공부가 마음대로 되지 않으니 그쪽으로 도피하려는 것이다. 말해도 소용없는 일인데.

나카하라가 하늘을 올려다보았다.

"나, 그만 갈게."

어색해져서 그렇게 말하자 나카하라도 "어" 하고 짧게 대답했다.

나카하라가 그랬던 것처럼 밤하늘을 올려다보자 반짝거리는 별빛이 눈에 어렸다.

다음 날, 왠지 나카하라와 얼굴을 마주치기 거북했지만, 그는 평소와 똑같은 태도를 보였다. 마음이 놓이는 한편으로 어젯밤 일을 전혀 개의치 않는다면 그건 그것대로 실망스러운 기분이 들었다.

하지만 어차피 그게 당연한 거겠지. 전부 남의 일이다. 누구에게나.

그리고 2주일 정도가 지났다. 여전히 학원에서 내주는 어려운 수학 문제에는 손도 대지 못해서 진짜 가망이 없는 게 아닐까, 하고 생각하니 초조하기 짝이 없었다.

한편으로 나는 왜 이런 일 때문에 괴로워해야 하는지, 억울해서 화가 솟구쳤다. 이런 태도는 사회에 나가면 분명 아무 도움도 되지 않는다. 실제로 어른들이 다들 그렇게 말한다. 학교 공부는 어른이 되면 아무 도움도 되지 않는다고.

그렇다면 왜 이렇게 괴롭히는 거야? 이 고통에 무슨 의미가 있는 거지?

학원에서 돌아오는 길, 버스에서 내리자 나카하라가 서 있었다. 달리기하는 중은 아닌 듯했다.

내 얼굴을 보더니 싱긋 웃는다.

"요전에 이 시간이었으니까."

"뭐야, 일부러 기다렸어?"

"일부러 그런 건 아니지만, 아니, 뭐, 맞나."

나란히 걸음을 뗐다. 뭘까, 무슨 일일까. 그런 생각을 하는데 나카하라가 발밑에 시선을 떨어뜨리며 말했다.

"저기, 요전번 일 말인데."

"뭐가?"

알면서 일부러 그렇게 물었다.

"도쿄에 가기 싫다는 거. 이곳 고등학교에 가고 싶다는 거. 그거 진심이야?"

"물론이지."

"그렇구나. 그럼 우리 집에서 다닐래?"

"뭐?"

무슨 소리를 하는지 이해하지 못했다.

"고등학교 말이야. 만약에 간다면 너도 니시모리 고등학교지? 그럼 우리 집에서 다니면 되잖아."

"아니, 잠깐, 잠깐, 무슨 뜻으로 하는 소린지 모르겠어."

"그러니까 우리 집에서 하숙하면 어때? 아니, 진짜로. 엄마한테 물어봤더니 대번에 좋다고 하시더라. 우리 부모님, 그런 면은 너그러워. 다행히 빈방도 있고. 옛날에 할아버지가 쓰던 방이지만. 아, 괜찮아. 유령은 아직 안 나왔으니까. 잘은 모르지만. 만약 거기가 싫으면 내 방을 같이 써도 되고. 꽤 좁아지겠지만. 그 점만 극복하면."

"자, 잠깐 기다려. 그런, 갑자기 그런 말을 해도."

"응, 뭐, 그렇겠지. 하지만 일찌감치 말해두는 게 좋을 것 같아서. 그런 가능성도 있다는 뜻이야."

"왜, 그런 일을, 왜 그렇게까지."

그렇잖아, 우리는 그렇게 친하지 않잖아, 라고 말하려다 그만두었다.

나카하라에게는 그런 문제가 아닐 것이다.

"뭐, 시간은 아직 있으니까 진짜 그러겠다면 정식으로 우리 부모님이 너희 부모님께 말씀드릴 테니 구체적인 의논은 그다음에 하자."

눈빛이 진지하다.

"너 말이야."

입을 열었지만, 다음 말이 나오지 않았다.

"뭐?"

"아니, 아무것도 아니야."

좋은 녀석이네. 아니, 그런 단순한 말로는 부족하다.

좀 더, 다른, 다른 뭔가.

가슴속에 퍼진 기분을 뭐라고 표현하면 좋을까?

"하지만 한 가지 문제가 있는데."

나카하라가 얼굴을 찌푸렸다.

"어, 뭔데?"

"우리 엄마, 요리를 좀 못해. 애정은 있는데, 그게 요리 퀄리티에 전혀 반영되지 않아. 고등학교 도시락은 아마 냉동식품만 먹게 될 거야. 그게 가장 큰 걱정거리야. 그건 괜찮아? 뭐, 요즘 냉동식품은 진짜 맛있는 게 많으니까 그리 걱정할 필요는 없을지 모르지만. 그리고 이건 좋은 건지 나쁜 건지 모르겠는데, 도시락 메뉴가 매일 나하고 똑같다는 문제가……. 남자 둘이서 커플 도시락."

거기까지 듣고 그만 웃음이 터져 나왔다.

너란 녀석은 정말이지.

하지만 여전히 딱 맞는 말이 떠오르지 않았다. 웃음보가 터져서 눈물이 나온 척하며 눈가를 훔쳤다.

"어쨌거나 그런 가능성도 있으니까. 생각해봐."

"응."

그날 밤은 오랜만에 푹 잘 수 있었다. 안도감이 몸 구석구석에 퍼졌다.

가족 아닌 사람이 이렇게까지 나를 생각해주는 건 처음이다. 그게 얼마나 마음 든든한 일인지 깨달았다. 가족이 아닌 만큼 훨씬 가치 있고 고맙게 느껴졌다.

나는 괜찮다, 하는 생각이 들었다.

하지만 한편으로 여기 남아 나카하라네 집에서 고등학교에 다닐 일은 절대 없을 거라는 생각이 들었다. 나는 도쿄의 고등학교 입학시험을 치르고 그 학교에 다닐 것이다. 그 믿음은 그 어느 때보다 확실해졌다.

나카하라의 집이 싫은 게 아니다. 하지만 그건 말도 안 되는 일이다. 나카하라가 그렇게 말해준 것만으로 충분했다. 어쩌면 나카하라의 제안에 보험 같은 도피처를 발견하고 안심한 걸까?

하지만 그 후로 전보다 차분하게 입시 공부에 집중할 수 있게 된 것도 사실이다.

나카하라는 그 후 학교에서 만나도 평소와 똑같았다. 눈이 마주치면 미소로 답한다.

어느 날, 그 눈을 보고 퍼뜩 깨달은 게 있다. 어쩌면 나카하라는 이렇게 될 줄 알고 그런 말을 한 게 아닐까? 도피처를 제시해주면 내 초조함이 가라앉아 입시에 맞서게 될 줄 예상하고.

하지만 만약 나카하라가 제안한 대로 여기 남게 되었다 해도, 그것대로 괜찮다고 생각했을지 모른다.

나카하라라면 그럴 수 있다.

졌다, 너는 못 당해내겠어, 정말로.

진로를 정하면 물어볼까? 아니, 조금 더 나중에 물어볼까. 조금 더 시간이 흐른 다음에. 어른이 되어, 어디선가 다시 만났을 때라도.

그 편이 대답하기 쉬울 것이다. 그래도 나카하라는 "그런 일이 있었나?"라고 말할지 모른다. 지금과 다름없는 미소를 지으며.

그런 생각이 든다.

풀다 만 문제집을 펼치자 거기에는 전보다 훨씬 많은 메
모가 있었다.

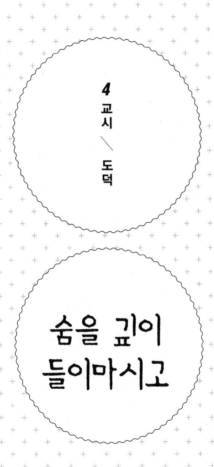

4 교시 \ 도덕

숨을 깊이
들이마시고

먼저 아버지가 사라졌다.

원래 집을 자주 비우는 분이라서(일 때문이기도 했다) 아버지가 안 계신 건 드문 일이 아니었지만, 이때는 정말로 사라졌다. 행방을 감췄다.

아버지가 어머니 휴대전화로 '찾지 마. 정말 미안해'라고 문자를 보냈으니 자기 의지로 사라진 것이 확실했다. 과연 혼자였는지, 아니면 누가 함께였는지는 모르지만, 아버지는 그런 문제(즉 여자 문제)를 자주 일으켜서 그럴 가능성이 높았다. 일하던 회사도 그만두었다.

원래 한 가지 일을 오래 한 적이 없는 사람이라 3~4년을 주기로 하던 일을 그만두고 완전히 다른 일을 하는 사람이었다.

이번에도 그런 타이밍이었을지도 모르고, 그렇지 않을지도 모른다.

잘 모르는 사이에 이번에는 어머니가 남자를 집에 끌어들였다. 어디로 보나 어머니보다 한참 어렸다.

어느 날 갑자기 그 사람은 우리 집 주방에 있다가 학교에서 돌아온 내게 당연하다는 듯 말했다.

"어서 와."

그래서 나도 모르게 "아, 다녀왔습니다"라고 대답했지만, 당연히 '누구지?'라는 의문이 떠올랐다.

남자는 마치 옛날부터 거기 있었던 것처럼 아버지 자리에 앉아 텔레비전을 보았다. 저녁에 재방송하는 드라마를 딱히 재미있는 줄 모르겠다는 표정으로 보고 있었다.

안에서 빨랫감을 끌어안은 어머니가 나왔다.

"아, 어서 오렴. 밥은 조금 있다가 먹어도 될까? 카레를 만들려고 하는데. 그때까지 못 참겠으면 전병이라도 먹으렴."

평소와 다름없는 태도로 남자에 대해 언급하려고도 하지 않는다. 의식적으로 그런다기보다 지극히 자연스러운 분위기라 순간 그대로 넘어갈 뻔했다.

"아니, 누가 있잖아."

남자를 힐끗 쳐다보자 어머니는 그제야 비로소 깨달았다

는 듯 "아아" 하고 반응했지만 "아버지도 사라졌는걸"이라고 중얼거리듯 말한 게 전부였다.

밥이 다 됐다는 말에 식탁에 앉으니 남자 역시 너무나 자연스럽게 "잘 먹겠습니다"라며 카레를 먹기 시작했다.

몸은 말랐지만 한 숟가락이 푸짐해서 입을 벌리고 거침없이 삼키는 모습이 시원스러웠다.

"어때? 중간 매운맛인데."

어머니가 묻기에 대답하려 했더니 남자가 "맛있어. 역시 중간 매운맛이 딱이야"라고 말하자, 어머니도 "그래? 다행이다"라며 웃었다.

"그렇지?"

남자가 갑자기 내 쪽을 봐서 눈이 마주쳤다. 야생동물 같은 눈빛이다.

"네?"

"중간 매운맛이 최고라고, 카레는."

"아, 뭐, 그렇죠."

남자는 씩 웃더니 또 호쾌하게 카레를 먹었다.

"미치, 더 줄까?"

어머니가 남자를 돌아보았다. 미치. 미치오나 미치히로 같은 이름일까?

"밥은 적게, 카레는 많이."

"예 예."

어머니가 미치의 접시를 들고 일어섰다. 내 접시가 먼저 비었는데.

"아, 나도."

얼른 접시를 내밀었다.

"없는데."

"앗!"

"거짓말, 거짓말."

셋이서 웃었다. 아니, 이런 상황에서 웃어도 되는 건가?

일단 카레는 맛있었다.

이것은 드라마에서 흔히 보는 '이 사람이 오늘부터 네 아버지란다'라는 상황이라고 생각해도 되는 걸까?

실제로 그는 아버지가 쓰던 의자에 태연히, 아니 당연하다는 듯 앉아 있었다.

"저기, 저 사람 뭐야? 왜 우리 집에 있어?"

그가 목욕하러 간 사이 어머니에게 물어보았다(그는 당연하다는 듯 목욕물을 받자 먼저 들어갔다).

"지금 남자 손도 없고."

"내가 있잖아."

그렇게 말해놓고 생각했다.

어머니가 말하는 건 남자의 일손이 아니라 남자의 온기를 말하는 걸까? 너무 적나라하다. 내 어머니가 그런다고 생각하니 기분이 좋지 않았다. 일단은 나도 사춘기인데.

여자나 남자나 조금 더 섬세한 녀석은 거부반응을 일으키지 않을까? 하지만 다행히 나는 여자도 아니고, 섬세한 남자도 아니라서 쳇, 그게 뭐야, 라고 생각했을 뿐이었다.

둔해서 천만다행이다. 고민하지 않기로 했다.

고민하지 말자. 그렇다, 이것이 내 단점이자 장점이다. 무슨 일이나 깊이 고민하지 않는다. 지금까지 그렇게 살아왔다. 대부분의 문제는 그걸로 넘어갔다. 평화로운 세상이었다.

이 성격은 부모님께 물려받았다고 봐도 무방하겠지.

예전에 우리 부모님은 사랑의 도피를 했던 모양인데, 떠돌아다니다가 이 시골 마을에 정착한 것 같다. 어떤 일이 있었는지, 그것만큼은 입을 굳게 닫아서 알 도리가 없지만, 이 집은 시작부터 그랬던 것이다.

이미 세상의 상식에서 벗어나 있다. 그러니까 친척도, 양쪽 조부모도 모른다. 처음부터 어딘가 나사가 하나 빠져서 덜컹거리는 가족이었던 것이다.

하지만 사랑의 도피까지 해놓고도 아버지는 자꾸 문제를 일으켜 돌아오지 않는 일이 잦았고, 어머니는 무슨 일에나 건성인 구석이 있었다.

함께 있을 때는 싸우기만 했지만, 즉흥적인 성격은 둘이 비슷했다.

즉 깊이 고민하지 않는 두 사람이 만나 태어난 게 나였다.

그래서 이번에도 될 대로 되라고 생각했다. 이대로 이혼해서 이 남자가 아버지가 된다 해도 상관없다. 어쩔 수 없다.

미치라는 남자는 거실 소파에서 자고, 어머니는 지금까지 그랬듯 자기 방에서 잤지만, 실제로는 어떤지 모른다(최대한 생각하지 않으려 했다).

어머니는 낮에 파트타이머로 일했는데, 남자는 계속 집에 있는 것 같았다.

아침에 학교에 갈 때는 아직 자고 있고, 돌아오면 아버지가 계시던 자리에 앉아 텔레비전을 보았으며, 저녁에는 어머니가 마련한 음식을 셋이서 먹었다.

딱히 이야기꽃을 피우는 일도 없었지만, 그렇다고 쥐 죽은 듯 고요한 것도 아니었다. 남자도 내 눈치를 보는 기색은 전혀 없었다. 처음 만났을 때처럼 사양하는 기색도 없이 잘 먹고, 가장 먼저 목욕물을 썼다.

그런데 일주일쯤 지나자 이번에는 어머니가 사라졌다.

내 휴대전화에 '잠시 집 좀 비울게'라는 짧은 문자만 남기고, 연락이 끊겨버렸다.

전날까지는 평소와 다름없는 태도를 보였고, 딱히 남자하고 싸운 기색도 없었다.

어머니는 근처 도시락 가게에서 반찬을 만드는 일을 했는데, 사라지기 전날에도 평범하게 출근했다.

다음 날 아침, 직장에 집안 사정으로 한동안 쉬겠다는 전화가 왔다고 한다.

"어디 갔는지 몰라요? 무슨 말 안 했어요?"

내가 그 남자, 미치와 얼굴을 맞대고 제대로 이야기한 것은 그때가 처음이었다.

"아니, 아무 말도 없었어. 아침에 일어나보니 편지하고 이돈 봉투만 있었어."

남자가 편지와 노란 봉투를 내밀었다. 편지에는 분명 어머니 글씨체로 내 휴대전화에 보낸 문자와 똑같은 글이 쓰여 있었다. 당연히 생활비겠지만 노란 봉투에는 10만 엔이 들어 있었다.

"일단 돌아오길 기다리는 수밖에 없나."

그 남자, 미치는 느긋한 투로 말했다.

뭐, 그렇겠지. 확실히 지금 할 수 있는 일은 그것뿐이다.

하지만 어머니는 정말 어디로 간 걸까? 언제 돌아올까?

아버지처럼 이대로 사라지는 건 아니겠지?

만약 그렇게 되면 나는 어찌 되는 거지? 아동상담소 직원이 와서 데려갈까? 아니, 나 혼자라면 그렇게 될지도 모르지만 일단 어른이 있으니 괜찮겠지.

아동상담소에 끌려가 시설에 들어가는 것보다는 이 남자하고 한동안 여기서 어머니가 돌아오길 기다리는 게 그나마나을 것 같았다.

그렇게 잘 모르는 남자와 동거를 시작했다.

냉정하게 생각해보면 굉장히 이상한 상황이지만, 여기서도 나의 '깊이 고민하지 않는' 특성이 발휘되어 그대로 순응했다. 일단 흘러가는 대로 몸을 맡기고 어디든 도달하면 그때 생각한다. 다시 말해 즉흥적으로. 하지만 지금까지의 경험으로 볼 때 세상일은 정해진 대로 되고, 그럴 수밖에 없다는 것을 알고 있었다.

나는 그 두 사람의 아이라는 것을 새삼 깨달았다.

실제로 그 남자, 미치가 있으니 도움이 되는 면이 많았다.

어머니가 계실 때는 아침 늦게까지 자고 요리에 손도 대지 않던 미치가 어머니가 사라진 뒤에는 아침에 제대로 일어나고, 아침밥도 준비하고, 저녁밥도 지어주었다.

뜻밖에 요리 솜씨가 뛰어났다. 아침에는 가게에서 파는 것처럼 표면이 매끈하고 색이 고운 오믈렛이 눈 깜짝할 새에 나왔고, 만두나 햄버거는 속도 직접 만들었다. 맛도 흠잡을 데 없었다.

"굉장히 맛있어요."

솔직하게 느낌을 말하자 미치는 태연하게 대답했다.

"뭐, 이 정도도 못하면 여자한테 빈대 붙지 못하니까."

딱히 표정에 변화가 없는 것으로 보아 농담은 아닌 것 같았다.

빈대. 어머니한테도 그럴 생각으로 이 집에 온 걸까?

"저, 어머니하고는 그게, 어디서 만났어요?"

"길에서 주워줬어."

"네?"

"길에 쓰러져 있었는데 주워줬어."

아, 그래서 미치◆구나. 아니, 이렇게 받아들여도 되는 건가?

하지만 그 이상 캐물으면 아들로서는 듣고 싶지 않은 이

◆
일본어로 '길'이라는 뜻

야기까지 나올 것만 같아 이쯤에서 그만두기로 했다.

자세히 보니 미치는 얼굴도 반듯하고 키도 크고 팔다리도 길어 빈대로 살아도 수요가 확실히 있을 것 같았다.

미치는 그 밖의 집안일도 능숙하게 해치웠다. 빨래도 제대로 유연제를 써서 했으며 양말이나 셔츠 옷단은 세탁기에 넣기 전에 간단히 손빨래를 했고, 셔츠는 다림질을 해서 마치 가게에 전시해두는 것처럼 곱게 접었다. 청소도 내가 학교에 가 있는 사이 바지런히 하는지, 솔직히 어머니가 계셨을 때보다 집 안이 깨끗해졌다.

빈대의 존재 가치를 발휘한 걸까? 그래서 그런지 하루하루가 훨씬 평온하고 쾌적하게 흘러갔다.

이래도 되나 싶은 생각도 없지는 않았지만.

어느 날, 정기 고사가 얼마 남지 않아 가장 자신 없는 수학 공부를 하는데, 도저히 이해가 가지 않는 문제에 부딪혔다. 참고서를 찾아봐도 영 이해가 되지 않았다.

왜 이게 이렇게 되는 거지?

이럴 때는 될 수 있으면 남에게 묻는 게 가장 빠르다. 물어보면 의외로 '뭐야, 그런 거였나' 싶은 경우도 많다. 혼자서는 영원히 도달할 수 없는 발상의 힌트를 얻기도 한다.

미치는 어떨까? 공부는 썩 잘할 것 같지 않지만 의외로 이런 타입이 고학력자일 때도 있다. 일단 물어나 볼까.

미치는 주방에서 설거지를 하고 있었다. 식기 선반에 그릇이 가지런히 놓여 있었다.

어머니는 씻은 순서대로 마구 쌓는 타입이라 당연히 그릇도 불안정하게 쌓아서 다음에 쓸 때 그릇의 산에서 마치 젠가 게임처럼 다른 그릇을 쓰러뜨리지 않도록 필요한 그릇을 살그머니 빼내려다가, 요란하게 산더미를 무너뜨리고 결국 그릇을 깨곤 했다.

"저, 잠깐 묻고 싶은 게 있는데요."

"어, 뭔데?"

미치가 설거지하던 손길을 멈추고 돌아보았다.

"수학 문제인데."

"어? 학교 공부? 그건 어려운데. 특히 수학은."

역시 그런가. 뭐, 그리 기대한 건 아니지만.

"그럼 미치 씨는 뭘 잘했어요? 학창 시절에."

"으음, 공부는 다 못했지만, 굳이 고르자면 도덕이랄까."

"도덕? 그 도덕이요?"

"맞아, 사람이 살아가는 길을 알려주는 도덕."

빈대면서, 그것도 남에게 말하기 거북한 이런 상황에서 말은 잘하네.

"도덕이라. 지금까지 제대로 수업을 들은 기억이 없는데. 음악회 연습이나, 운동회 준비나, 다른 시간하고 교체되는 경우도 많고."

"무슨 소리야. 도덕은 어엿한 교과목이고 시험도 보는데. 세상이 이제야 겨우 도덕의 중요성을 깨달은 거야. 사람이 배워야 할 학문이라는 걸 안 거지."

평소 온화한 미치로서는 드물게 열 띤 말투였다.

"하아. 그럼 도덕을 잘했던 미치 씨의 마음에 남아 있는 수업 내용이나 가르침이 있어요?"

"숨을 쉴 수 있다면 아직 괜찮다."

"네?"

"초등학교 도덕 시간에 담임선생님이 가르쳐주셨어. 터키 속담이래. '아무리 절망적으로 끔찍한 상황이라도 숨을 쉴 수 있다면 아직 괜찮다'고."

"하지만 숨은 그냥 쉴 수 있는 거잖아요?"

"그렇지 않아. 생매장당하거나, 누가 머리에 봉투를 뒤집어씌우면 숨을 못 쉬잖아."

"그야 그렇지만, 설마 그러겠어요? 영화나 소설도 아니고."

"현실에서 일어나는 일이니까 영화나 소설이 되는 거야.

숨을 쉴 수 없는 상황이 되어서, 비로소 평범하게 숨을 쉴 수 있다는 게 얼마나 고마운 일인지 깨달았을 때는 이미 늦어. 사람은 숨을 못 쉬게 되면 끝이니까. 그러니까 아직 숨을 쉴 수 있다면, 숨만 쉴 수 있다면 괜찮은 거야."

"하지만 그런 일은 흔치 않잖아요."

미치의 표정이 단번에 어두워졌다.

"일상은 순식간에 빼앗길 수 있어. 우리가 모를 뿐이지, 바로 옆에는 커다란 어둠이 입을 쩍 벌리고 있어. 누구나."

나를 보고는 있었지만, 마지막 말을 하는 그 눈은 다른 것을 향하고 있는 듯했다.

정기 고사도 끝나고 일요일에는 육상부 경기가 있어 이웃 동네 중학교에 갔다.

점심때 나카하라 옆에서 도시락을 꺼냈다. 나카하라는 오전에 100미터 예선을 가볍게 통과했다.

나도 멀리뛰기는 간신히 예선을 통과했다.

"오, 오늘 도시락 왠지 굉장한데?"

나카하라가 내 도시락을 보며 말했다.

데리야키 치킨, 레몬 감자조림, 피망 가다랑어포 무침, 계란말이가 예쁘게 담겨 있었다.

"그래?"

"응, 뭔가 자연스럽지만 손이 많이 간 듯한 느낌이야. 보면 알아. 우리 집하곤 완전 반대니까. 우리 엄마는 정말 요리를 못하거든. 전부 냉동식품이야. 너희 어머니는 요리를 잘하시는구나."

"아니, 이거 엄마가 만든 게 아니야."

"어, 누구야? 누구? 설마 여자 친구가 만들어준 도시락이야?"

"설마, 아니야. 남자가 만들어준 거야."

"어, 설마 너 그쪽이었어?"

"그럴 리 없잖아! 실은……."

왠지 자연스레 나카하라에게는 털어놓을 수 있었다. 아니, 나카하라니까 말하고 싶었던 건지도 모른다.

지금까지 일어난 일을 어느새 전부 솔직하게 털어놓았다.

"그거 무척 심각한 상황 아니야? 일단 잘 모르는 상대하고 함께 산다는 것부터 위험한 냄새가 나는데."

"아니, 그렇게 이상한 사람은 아니야. 집안일도 잘하고."

"아니, 아니, 그런 문제가 아니라."

"아."

호랑이도 제 말 하면 온다더니.

저 앞에서 지금 화제에 오른 미치가 교정을 가로질러 느긋한 걸음으로 이쪽으로 다가왔다.

"장소가 여기라고 해서 잠깐 보러 왔어."

나를 보더니 싱긋 웃는다. 이렇게 웃는 사람이었나?

"아, 응. 고마워요."

머리가 묵직하니 띵했다. 아버지도, 어머니도, 내 시합을 보러 와준 적은 없었다.

나카하라가 우리 얼굴을 번갈아 보았다. 뭔가 말하고 싶은 눈치였지만, 결국 애매모호한 웃음을 지었을 뿐이다.

월요일, 점심시간에 나카하라가 찾아왔다.

"어제는 고생 많았어."

"나카하라, 우승 축하해."

나는 준결승밖에 올라가지 못했지만, 나카하라는 100미터 달리기에서 대회 신기록으로 우승했다. 나카하라의 형도 유망한 육상 선수였다고 하니 유전이리라.

"그래서 어제 경기 보러 와준 사람 말인데, 마쓰오 너하고 동거한다는 그."

"어, 아, 미치 씨 말이야?"

"그 사람, 정말 괜찮은 거야?"

"뭐가?"

"믿을 수 있는 사람이냐고."

말문이 막혔다. 그런 생각을 하기 전에 이미 이렇게 되어 버렸기 때문이다. 사실은 그렇게 되기 전에 제대로 고민했어야 할 일이지만.

싫은 일에서 눈을 돌리고, 일단 상황에 몸을 맡겨보는 성격이 부른 사태였다.

"왠지 그 사람, 분위기가 보통 사람이 아닌 것 같아서."

"그래?"

"그런 사람하고 한 지붕 아래서 살다니, 신변의 위협 같은 건 못 느꼈어?"

"그게 뭐야."

"상대가 남자라고 방심할 수는 없어. 아니, 오히려 그쪽 위험성이 더 클 때도 있어."

"어, 뭐야, 뭐야? 미치 씨가 게이일지도 모른다는 거야? 아니, 그럴 리 없어. 그 사람 빈대로 살았거든."

떳떳하게 할 이야기는 아니지만. 하지만 게이도 그렇고 빈대도 그렇고, 이게 중학교 쉬는 시간에 할 이야기인가? 여자애들이 들으면 어쩌지?

"그런 건 안심할 이유가 못 돼. 양성애자일 수도 있으니까. 뭐, 그렇지 않더라도 아주머니, 정말 어디 가신 거 맞아?"

"응? 무슨 뜻이야?"

"아니, 예를 들어 잠시 어디 가 있다는 건 그 남자의 위장 공작이고, 사실은 이미."

거기까지 말하다가 나카하라가 입을 다물었다.

"뭐야? 말해."

"살해당해서 어디 묻혀 있다거나."

"뭐? 무슨 소리 하는 거야, 너."

"얼마 전에 본 영화에 그런 장면이 있었어. 그 집 재산을 빼앗으려고 처음에는 아내하고 그 애인이 공모해서 남편을 죽이는데, 남자가 배신하고 아내도 죽여서 재산을 손에 넣으려 하는 이야기였어. 마지막에는 그 아이도 해치려 들어."

"바보냐. 너 서스펜스 영화를 너무 봤어. 그런 일이 있을 리 없잖아. 우리 집은 그런 재산도 없어. 집도 임대고. 우리 가족을 죽여봤자 아무 이득도 없어. 아아, 그건가, 소설을 쓴 다는 네 소꿉친구, 미키 아스카였나? 그 애 영향이야? 너도 그 정도면 소설 쓸 수 있겠다?"

농담으로 끝내려고 했지만 나카하라의 표정은 무척 진지했다.

"괜찮아. 걱정해주는 건 고맙지만 걱정의 방향이 틀렸

어.”

그날 밤은 비가 내려서 그런지, 이 계절치고는 쌀쌀했다.

드물게 잠을 못 이루고 있자니 방문이 스윽 열렸다.

어, 미치, 씨?

등을 돌리고는 있었지만 누가 방에 들어오는 인기척이 느껴졌다. 직접 보지 않아도 옆에 서서 나를 굽어본다는 것을 알 수 있었다.

몸에 힘이 들어갔지만 일단 자는 척, 자는 척.

그러자 미치 씨가 내 곁에 앉아 이불을 붙잡았다.

어, 어, 뭐야?

설마, 설마, 지금 나, 엄청 위험한가?

신변 위협 최고조?

나카하라의 말이 떠올랐다.

‘상대가 남자라고 방심할 수는 없어. 양성애자일 수도 있으니까.’

어, 어쩌지. 서, 설마, 덮치려는 건가?

미치 씨가 흐트러진 이불을 목덜미까지 끌어올려 덮어주었다. 미치 씨의 손가락이 목에 닿았다.

아, 이건 설마.

또다시 나카하라의 말이 떠올랐다.

'그 아이도 해치려 들어.'

어, 죽이려는 건가?

덮치려는 게 아니고?

아니, 덮친 다음에 죽이려는 걸까?

으악, 최악이야. 한쪽만 해줘, 아니, 둘 다 싫어.

호흡, 호흡, 응, 숨을 쉴 수 있다면 아직 괜찮아. 아니, 이걸 가르쳐준 게 이 사람이잖아?

어쩌지? 깨어 있는 티를 낼까?

아니면 단숨에 반격?

힘은 엇비슷할 것 같은데.

하지만 한참이 지나도록 아무 일도 없었다.

최대한 자연스럽게 몸을 뒤척여 슬그머니 눈을 떠보니 바로 옆에 누워 있는 미치 씨와 눈이 마주쳤다.

어두운 불빛 아래서, 까만 눈동자가 젖어 있었다.

"미안. 깨웠어?"

미치 씨가 코를 훌쩍이며 물었다.

"아뇨, 그건 아니고. 아직 안 잤어요."

"미안. 오늘 밤만 여기서 자도 될까? 누군가 곤히 자는 숨소리가 곁에 없으면 잠을 못 이루는 밤이 있어. 어둠에 짓눌릴 것 같아서, 도저히 혼자 있을 수가 없어. 미안, 오늘 밤만 부탁할게."

이런 식으로 애원하는데 거절할 사람이 있을까?

"괜찮아요, 물론. 춥지는 않아요?"

내 담요를 절반 덮어주었다.

"고마워."

미치 씨는 담요 속에서 태아처럼 몸을 동그랗게 말았다. 얼마쯤 지나자 곤한 숨소리가 들려왔다. 눈가에 눈물이 맺혀 있었다. 울면서 잠드는 어른은 처음 봤다.

잠든 미치 씨의 숨소리를 듣는 사이에 내게도 잠이 찾아왔다.

이튿날 아침, 실내화 갈아 신는 곳에 나카하라가 있어서 뒤에서 어깨를 붙들었다.

"나카하라! 네가 이상한 소리를 해서 어젯밤에 고생했잖아! 괜히 긴장해서 피곤해."

"어, 뭐가?"

나카하라가 물었지만, 이번에는 이야기하지 않기로 했다. 또 엉뚱한 방향으로 오해를 사면 귀찮다.

동아리 활동을 마치고 학교에서 돌아오니 어쩐 일로 집에 손님이 찾아왔는지 현관에 누가 있었다.

"다녀왔습니다."

"어머, 어서 오렴. 오랜만이구나. 또 키가 큰 것 아니니?"

어머니와 같은 도시락 가게에서 파트타이머로 일하는 하야시 씨였다. 나이는 쉰 안팎, 몸집이 좋은 아주머니다. 미치 씨가 손에 커다란 종이봉투를 들고 있었다.

"남은 반찬을 담아서 가져왔어. 후미에 씨가 어쩌고 있나 싶어서. 점장님한테 한동안 쉰다는 얘기는 들었지만. 난 분명 몸이라도 안 좋은 줄 알고 걱정했는데, 벌써 며칠째 어디가 있다면서? 그래서 이번에는 여기 친척분이 너를 돌봐주고 있다고 해서 깜짝 놀랐지 뭐니. 그렇잖아, 후미에 씨는 친정을 뛰쳐나와 사랑의 도피를 하는 바람에 친척하고는 전혀 교류가 없다고 했으니."

어머니는 이 사람한테 그런 얘기까지 했구나.

"아, 아니, 우연히, 여기, 미, 미치 사촌 형을, 그래요, 우연히, 우연히 지난달 마주쳐서, 그래서 다시 왕래하게 되어서."

"어머, 우연히? 그랬구나. 어디서?"

"음, 어, 어디였더라, 잊어버렸어요."

"지난달 일인데?"

하야시 씨는 계속 몰아붙였다.

큰일이네, 완전히 의심하고 있다. 미치 씨가 한마디도 하지 않아서 그나마 다행이었다.

둘의 말이 앞뒤가 맞지 않으면 일이 더 복잡해진다.

하야시 씨는 눈썹을 찌푸리고 이해할 수 없다는 표정을 노골적으로 드러내며 우리 얼굴을 번갈아 보았다.

"아 참, 오늘 숙제가 많은데. 반찬 고맙습니다. 당장 먹을게요."

생긋 웃으며 인사했지만, 불만스럽게 일그러진 하야시 씨의 입술은 그대로였다.

다음 날 방과 후, 담임 야자키 선생님이 호출을 했다.

"마쓰오, 집에 뭔가 문제가 있니?"

철렁했다.

아니, 집안에 문제가 있는 건 지금이 처음이 아니지만, 아무래도 이번 일은 특별한 경우려나.

"지금 부모님이 집에 안 계신다고?"

"아, 네."

역시 중학생인데 보호자가 없으면 학교 입장에서는 그냥 지나칠 수 없는 건가.

"오늘 오전에 이웃분 전화를 받았는데, 마쓰오 네가 부모님이 안 계신 동안 성인 남성하고 둘이서 살고 있다고 하던데."

"아, 그건 어머니가 아는 분한테 자기가 없는 동안 저를 돌봐달라고 부탁해서."

"아는 분? 친척이 아니고?"

아차. 무심코 아랫입술을 깨물었다.

"일단 지금 집에 좀 가보자. 선생님도 그분하고 직접 이야기하고 싶으니까. 확인하고 싶은 문제도 몇 가지 있고. 무슨 일이 생긴 뒤에는 늦으니까."

무슨 일이라니.

"경우에 따라서는 상담소에 연락해야 할지도 모르니."

상담소? 상담소라니, 아동상담소 말인가?

어쩌지, 이건 단순히 남자 둘의 수상한 관계를 의심하는 게 아니라, 사태가 더 심각한 방향으로 흘러갈 것 같다.

미성년자 어쩌고 혐의. 미아를 보호해도 바로 경찰에 연락하지 않고 집으로 데려가면 체포되지 않던가?

내 경우도 어머니가 사라졌을 때 학교나 아동상담소에 연락했어야 한다고 할까? 하지만 어머니도 아는 일인데.

그러나 미치 씨는 어디로 보나 신원이 확실한 어른이라고 할 수 없다. 일도 하지 않는 것 같고. 소위 말하는 주거 미상,

직업 미상, 사회적 신뢰도가 높다고는 하기 어렵다. 이대로 선생님하고 마주치면 일이 복잡해질 게 뻔하다.

선생님하고 함께 학교에서 나와 집으로 향하는 길에도 어떻게든 대응책이나 핑계를 짜내려 했지만, 좋은 생각이 떠오르지 않았다.

이럴 때를 대비해 미치 씨와 입을 맞춰둘 걸 그랬다.

숨을 깊이 들이마시고, 천천히 내쉬었다.

좋아, 괜찮아, 아직 숨은 쉴 수 있어.

한 번 더 들이쉬려다가 숨이 턱 막힐 뻔했다.

앞쪽에 미치 씨의 모습이 보였기 때문이다.

한 손을 바지 주머니에 넣고 터덜터덜 태평한 걸음으로 이쪽으로 다가오고 있었다.

어쩌지. 나쁜 일은 조금이라도 뒤로 미루고 싶은데.

외길이라 다른 길로 갈 수도 없다. 아니, 그런 짓을 하면 오히려 의심을 산다.

미치 씨는 이쪽을 똑바로 보고 있다. 알아차렸을까? 안경은 쓰지 않으니 눈은 나쁘지 않을 텐데.

먼저 말을 걸어올까?

평소처럼, 처음 만났을 때처럼, 나를 보고 "어서 와"라고 말할까?

미치 씨의 얼굴은 똑바로 앞쪽을 향하고 있다.

달아나.

옆에 있는 선생님에게 들키지 않도록 말없이 입술을 움직였다.

달, 아, 나.

한 번 더 입술만 움직여서 말했다.

그렇게 말해놓고 지금 이 상황에서 우리에게 등을 돌리고 달아나면 그게 훨씬 수상하다는 것을 깨달았다. 하지만 미치 씨는 안색 하나 바꾸지 않고 갑자기 걸음을 서두르는 일도 없이 우리 옆을 지나갔다.

나와 눈을 마주치지도 않고. 나는 무심코 뒤를 돌아보려는 충동을 억눌렀다.

집에 돌아가니 당연히 아무도 없었다.

"외출했나?"

"그런가 봐요."

선생님을 거실로 모셨다. 미치 씨는 언제쯤 돌아올까? 되도록 오래 밖에서 시간을 보내고 오면 좋겠는데, 장을 보러 갔다면 그리 오래 걸리지는 않을 것이다.

하지만 그때 우리를 보고도 말을 걸지 않은 것을 보면 뭔가 눈치챈 모양이니 금방 돌아오지 않을지도 모른다. 선생님과 잡담을 하면서도 마음은 엉뚱한 곳에 가 있어 제정신이 아니었다.

한 시간쯤 지났을 때, 현관문이 벌컥 열리는 소리가 났다.

아직 일러, 미치 씨!

식은땀이 왈칵 솟았지만 고개를 내민 것은 세상에나, 어머니였다.

"죄송해요, 선생님, 오래 기다리셨죠."

어리둥절해하는 나를 본체만체하고 어머니는 아무 일도 없었다는 듯 밝은 얼굴로 선생님을 바라보았다.

"얼마 전에 친정어머니 건강이 나빠져서 간병하러 고향에 다녀왔어요."

친정어머니?

"그러셨군요. 그것 참. 친정 쪽은 이제 괜찮으신 겁니까?"

"네, 덕분에. 늘 있는 일이지요. 이제 연세가 연세인지라."

말은 잘하네. 친정하고는 연락 한번 하지 않으면서.

하지만 이것이 어머니의 일상 모드다. 눈썹 하나 까딱 않고 그 자리를 모면한다.

"제가 없는 동안 먼 친척 아이한테 집안일을 부탁했는데, 이쪽 일이 마음에 걸려서, 일찌감치 돌아왔어요."

"먼 친척. 그러셨군요."

선생님이 천천히 고개를 끄덕거렸다.

"하지만 집을 비운 사이 생각보다 둘 다 잘 지낸 것 같아 다행이에요. 마음이 놓이네요."

어머니가 활짝 웃으며 나를 보았다. 죄책감이라곤 조금도 찾아볼 수 없는 웃음이었다.

선생님이 돌아간 뒤에 어머니에게 어떻게 그 타이밍에 돌아왔는지 물었다.

"미치가 연락해줬거든. 긴급사태라고."

뭐야, 자기들끼리는 연락을 했단 말이야? 내 문자나 전화는 무시했으면서.

"미치 씨는 지금 어쩌고 있어? 어디 있어?"

"글쎄, 모르겠어. 선불 휴대전화를 줬는데 전혀 안 받네. 하지만 그 애, 돈 관리는 확실히 했더라. 봐, 꼼꼼하게 다 적어놨어."

어머니가 노트를 펼쳐 보여주었다.

거기에는 매일 장을 본 영수증이나 공공요금 납부액과 잔액이 적혀 있었고, 어머니가 두고 간 노란 봉투에는 딱 맞아떨어지는 금액이 들어 있었다.

"역시 도덕 소년."

"도덕 소년?"

"그 애, 본명이 미치노리야. '道德'이라고 쓰고 미치노리라고 읽는대. 그래서 어릴 때 별명이 줄곧 도덕 소년이었다더라. 웃기지, 이름값도 못해."

"그랬구나."

"몰랐어? 열흘 넘게 함께 있었으면서, 둘이서 무슨 얘기를 했니?"

그러고 보니 무슨 이야기를 했더라. 이름도, 본명도 모르는 사이였다.

"숨을 쉴 수 있다면, 숨만 쉴 수 있다면 괜찮다는 얘기."

"그게 뭐야?"

고개를 갸웃거리는 어머니에게 이번에는 내가 의미심장한 웃음을 보일 차례였다.

"아, 그리고 아버지 말인데, 이제 안 돌아올 거야. 이번만큼은 완전히 끝났어."

어머니가 덧붙이듯 말했다.

어쩌면 어머니는 아버지를 찾아서 데리러 갔던 게 아닐까? 역시 이혼하게 될까?

혹시 그렇게 되면 돈 문제는 괜찮을까? 어머니의 파트타이머 수입만으로 먹고살 수 있을까?

사립은 어렵겠네.

숨을 깊이 들이마셨다. 뱉는다. 괜찮아, 숨은 쉴 수 있어.

나도, 어머니도, 아마 아버지도, 그리고 미치, 미치노리 씨도.

앞으로 아버지는 다시 만날 수 있을지도 모르지만, 왠지 미치 씨는 두 번 다시 만나지 못하리라는 예감이 들었다.

어둠 속에서 젖어 있던 눈동자를 떠올렸다.

엄마는 이름값도 못한다고 했지만, 나는 그렇게 생각하지 않아.

적어도 내게는 이정표가 될 가르침을 남겨주었다.

멀리 있는 별처럼, 그 빛은 약하지만 확실하게 그곳에 존재해서 앞길을 비춰주리라.

나는 다시 한번 깊이, 최대한 천천히 숨을 들이마셨다.

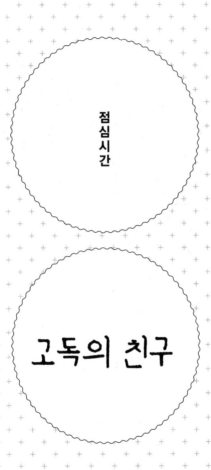

점심시간

고독의 친구

독서는 혼자 해도 비참해 보이지 않는 몇 안 되는 행위라고 말한 건 어느 유명한 여성 작가였다.

이거다 싶었다.

그전에도 책을 읽는 건 싫지 않았지만, 특별히 좋아한다고 할 정도는 아니었다.

하지만 내가 선택할 수 있는 길은 이것뿐이다.

고독한 쉬는 시간을 버텨내려면.

쉬는 시간에는 늘 책을 읽는, 무엇보다도 독서를 좋아하는 소녀로 완벽하게 변신해 어떻게든 스스로를 지키려 했다.

아무렴, 딱히 친구가 없는 건 아니야, 반 친구들 무리에 끼지 못하는 게 아니야, 나는 그저 책 읽는 걸 좋아하는 거야. 쉬는 시간에도 일분일초까지 독서에 쓰고 싶은 거야. 아무렵, 아마 활자 중독이겠지. 그러니까 그냥 내버려둬. 난 이 걸로 행복하니까.

그런 기운을 온몸에서 뿜어내려고, 전달하려고 책에 온통 몰두한 척했다. 하지만 사실은 교실 여기저기에 모인 여학생 들의 이야기가 궁금해 죽겠다.

온몸으로 듣는다는 표현이 있는데, 정말 그 말처럼 시선 은 책 페이지에 떨어뜨리고 있지만 의식은 여자애들 그룹의 대화에 집중하고 있다.

텔레비전 드라마, 수학 숙제, 특이한 행동을 하는 선생님 흉내, 동아리, 제출물 기한, 화제가 여기저기로 튀는 게 정말 즐거워 보였다.

만약 내가 저 자리에 있었다면 이런 대답을 해야지, 하고 상상해본다.

그때의 나는 말수는 적지만 꼭 필요할 때 '바로 저거다' 싶은 생각이 드는 정확한 대답을 하고, 때로는 자연스럽지만 심도 있는 말도 하는 역할이었다. 그런 중심인물 같은 존재.

하지만 실제로는 그룹 뒤에서 어중간하게 웃고 있을 뿐, 뭔가 말해야지, 말해야지 하면서도 애들이 이렇게 생각하면 어쩌지, 이런 말을 했다가 분위기를 깨면 어쩌지, 하고 망설 이는 사이 화제가 바뀌어, 정신을 차리고 보면 시간이 지나가 있다. 결국 한마디도 하지 못하고 누군가의 뒤에서 바보처럼 헤실헤실 웃으며 우뚝 서 있을 뿐이라, 그런 나 자신을 더 이상 견디기 어려웠다.

혼자만의 생각이라는 건 안다.

좋은 모습을 보여주려는 생각이 강하다. 말도 잘하고 남의 이야기도 잘 들어주고, 두뇌 회전도 빠르고 재미있는 사람으로 비치고 싶다.

현실은 동떨어져 있는데도 그런 마음만 강하게 돌출되어 있다.

하지만 만약 황당한 소리나 엉뚱한 말을 해서 망신당하면 어쩌지, 실수하면 어쩌지, 하는 생각에 제동이 걸려 행동으로 옮기지 못한다.

요컨대 나는 겉멋이 심하고 좋은 모습을 보여주고 싶은 주제에 망신을 사는 건 싫고, 눈에 띄고 싶지만 안전한 게 좋은, 정말 재수 없는 아이였다.

그런 생각으로 스스로를 피곤하게 만들었다.

그렇다면 차라리 거기서 벗어나는 게 낫다. 스스로 경기장 밖으로 나가는 게 정신적으로 편하다.

그룹에서도 그렇지만 둘이 이야기할 때도 마찬가지였다.

상대가 내 이야기를 어떻게 생각하는지, 하고 싶은 말이

왜곡되지 않고 잘 전달되고 있는지, 내 이야기가 상대를 지루하게 만들지는 않는지, 좀 더 센스 있는 말, 기분 좋아지는 말을 할 수는 없는지, 같은 생각만 하고 만다.

상대를 즐겁게 해주고 싶다는 서비스 정신도 있지만, 매력적인 사람으로 보이고 싶은 마음이 그 이상으로 강한 것이다.

다시 말해 나는 그런 별수 없는 인간으로, 그 결과 친구라 부를 존재가 없었다. 그렇다, 나는 친구가 없다. 과거에도 있었던 적이 없다.

당연히 학교에 오면 인사를 하거나 잠깐 이야기를 나누는 사람은 있지만, 친구라 부를 정도는 아니다.

친구가 없다. 스스로 이걸 인정하기까지 시간이 걸렸다.

"친구를 많이 사귑시다."

초등학교 입학식 때 교장 선생님이 말씀하셨다.

친구가 많은 건 좋은 일이다. 그건 분명하다.

하지만 많기는커녕 친구 하나도 사귀지 못한 사람은 어쩌면 좋을까?

"학교는 친구를 만드는 곳이기도 합니다."

선생님은 그런 말씀도 했다.

그 말은 무슨 일이 있어도 반드시 친구를 만들어야겠구

나, 하는 부담으로도 작용했다. 친구를 만들어야 할 곳에서 친구를 만들지 못한다. 초콜릿 공장에서 초콜릿을 만들지 못하면 어쩌란 말인가. 의미가 없잖아. 이런 강박관념까지 생겼다.

하지만 초등학교에 다니는 6년 동안 친구는 생기지 않았다. 당시 생일 파티에 초대하고 초대받는 게 유행했는데, 난 단 한 번도 누구에게도 초대받은 적이 없었다. 당연히 나도 아무도 부르지 못했다. 3월생이라 생일이 빠른 탓에 나를 불러주는 사람을 부르려 했는데, 그런 사람은 아무도 없었다.

무리 지어 다니는 것을 싫어한다거나 한 마리 외로운 늑대 같은 멋진 구석은 전혀 없었다. 그저 단순히 내게 남을 끌어들이는 매력이 없어서 아무도 다가오지 않는 것이다.

멋진 고독이 아니다. 스스로 선택한 게 아니라 그렇게 될 수밖에 없었기에 나는 외톨이였다.

내가 예뻤다면 고고한 미소녀로 인정받았겠지만, 유감스럽게도 그렇지는 않아서 그냥 고독한 소녀였다. 고독한 소녀의 말로는 고독한 중년, 고독한 노인, 그리고 결국 도달할 곳은 고독사겠지.

이 나이에 고독사를 고민하는 사람도 별로 없을 테지만, 내게는 현실성 있는 문제였다.

친구도 못 만드니 결혼은 꿈도 못 꿀 거라 생각했는데, 이건 조금 다른 것 같았다.

우리 부모님을 보니 그런 생각이 들었다.

우리 부모님도 친구가 하나도 없다. 두 사람 다 어릴 때부터 그랬던 모양이다.

같은 의료계 전문학교에 다니던 시절에 만났다고 한다. 고독한 소년과 소녀의 영혼이 서로를 끌어당겼다고 하면 말은 멋지지만, 현실은 비슷한 사람들끼리 어쩔 수 없이 들러붙은 것이다.

아버지는 회사에 다니고 어머니도 접골원에서 파트타이머로 일하는데, 직장에서도 친구라 부를 만한 사람은 없는 것 같다.

매일 나누는 이야기에서도 언급하지 않고, 회식이나 식사 자리에 불려가는 일도 없고, 당연히 손님도 없다. 흔히 말하는 '학창 시절 친구'도 전혀 없다. 따라서 '벗이 멀리서 찾아주니 또한 즐겁지 아니한가'라고 말한 공자와 같은 기쁨도 전혀 느끼지 못하고, 우리 집을 찾는 사람은 매일 오는 우편, 신문 배달부와 각종 공공요금 검침원뿐이다.

친구가 없다. 그 사실을 부모님은 별로 부끄럽게 여기지 않는 듯했다.

아버지가 초등학생 때 졸업 앨범에 사이좋은 친구와 찍은 사진을 싣는 페이지가 있었는데, 거기에 아버지가 선생님과 함께 찍은 사진이 있었다. 같이 찍을 사람이 아무도 없었기 때문이었다고 한다.

하지만 두 사람씩이라 전신이 크게 찍히는 게 좋았다고 했다. 그렇게 오히려 고독을 즐긴다. 아버지는 이미 몇 단계 높은 경지에 오른 것 같았다.

어머니는 어머니대로 결혼식 때(예식 자체는 친척들끼리만 치렀다고 한다), 축하 메시지를 보내줄 친구가 아무도 없어 자기가 썼다고 한다. 가공의 친구 이름으로 직접 제작하고 연기한 것이다.

"직접 하는 게 마음 편해. 누구한테 받으면 나도 보내줘야 하니 번거로워. 결혼식은 아무도 초대하지 않고 초대받지 않는 게 최고야."

어머니의 말은 진심이었다.

둘 다 '고독의 달인'이라 해도 손색없는 외톨이였다.

나는 그 고독과 고독의 곱, 이른바 혈통 있는 고독이었다. 마이너스에 마이너스를 곱하면 플러스가 되지만, 우리 집의 경우 더 큰 마이너스를 낳았다.

이런 내게 친구가 생길 리 없다.

가족 모두 친구가 없다. 이 사실을 여실히 말해주는 게 연하장이었다.

우리 집에는 안경점 같은 데서 보내는 고객 레터를 빼면 연하장이 한 장도 오지 않는다.

배달부가 안쓰러워하거나 수상쩍어하지 않을까 걱정스러울 정도로 적다.

연하장에 얽힌 씁쓸한 추억도 있다. 초등학교 저학년 때였는데, 당시에는 나도 아직 친구 만들기에 희망을 품고 있어, 용기를 내서 같은 반 거의 모든 여자애들에게 연하장을 보냈다. 그렇지만 정월에 한 장도 오지 않았다. 학교에서 조금은 함께 노는 아이도 있어서 그 애를 친구라고 생각했다. 그 아이가 겨울방학이 시작되기 전에 "어제 친구한테 연하장을 보냈어"라고 해서 그 아이 것은 특히 열심히 썼다.

하지만 그 아이가 보낸 연하장은 오지 않았다. 나는 그 애의 친구가 아니었던 것이다. 그 사실은 새해 첫날부터 나를 우울하게 만들었다.

다른 아이들은 '연하장이 오면 쓰기, 준 사람에게만 보내기' 패턴일까 싶어 기다려봤지만 결국 답장은 한 장도 오지 않았다.

방학이 끝나자 몇몇 아이들은 "연하장 고마워. 하지만 마침 우리 집 연하장이 다 떨어져서 못 보냈어. 미안해"라고 했지만, 다른 아이들은 반응이 없었다.

이 일로 나는 내 위치를 깨달았다. 연하장을 받아도 굳이 보낼 필요 없는 사람, 그렇게 대해도 상관없는 사람.

연하장이 떨어졌다는 건 핑계겠지만, 만약 그렇더라도 챙기고 싶은 상대라면 한밤중이라도, 휴일이라도, 설사 우체국 문을 부수고서라도 연하장을 손에 넣어 무슨 일이 있어도 답장을 보낼 것이다. 어쩌면 직접 전해줄 만큼 간절하게.

나는 그렇지 않은 것이다. 방치해도 되는 사람. 무시해도 되는 사람. 그 후로 나는 누구에게도 연하장을 보낸 적이 없다. 내 나름대로의 보호 장치다. 괜히 상처받고 싶지 않다.

전에 텔레비전을 보는데, 연예인 결혼 발표에서 신부인 여성 탤런트가 "항상 많은 친구가 찾아오는 즐거운 가정을 꾸리고 싶어요"라고 했다. 우리 집은 그와 정반대다.

누구 하나 찾아오는 이 없는 집. 집 주변에 결계를 친 것처럼 아무도 다가오지 않고, 다가오기를 거부하는 집.

부모님은 서로 각자의 부모와도 소원해서 거의 교류가 없고, 친척과도 어울리지 않는다. 그래도 아무렇지 않은 모양이다. 오히려 마음 편해서 좋다고 생각하는 구석도 있다. 하지만 그 점은 내 마음을 든든하게 해주었다. 가장 가까운 사람이 모델 케이스니까.

친구가 없어도, 친척과 소원해도, 제대로 결혼하고 일을 하며 생활하고 있다. 부모님은 일말의 희망이었다.

교실을 둘러보았다.

나와 마찬가지로 고독한 남자아이. 있다, 쓰보타다.

저 애도 늘 혼자 자기 자리에서 책을 읽거나 공부를 한다. 딱히 소외당하는 건 아니다. 성적도 좋다. 도쿄의 고등학교 입학시험을 치른다는 소문도 있다. 아직은 고독한 두 영혼이 서로를 끌어당길 기미가 없지만, 그건 상관없다.

지금 여기 있는 쓰보타가 아니라도 상관없다. 앞으로 고등학교나 대학교에 가도 아마 저 아이 같은 남학생은 있을 것이다. 장래에 그런 아이와 가족이 되면 된다. 우리 부모님처럼. 그러면 고독사만은 피할 수 있으리라.

하지만 비참해지기는 싫다.

외톨이와 비참한 기분은 한 세트가 되기 쉬워서, 그 회피책으로 짜낸 게 문학소녀 흉내였다.

고독을 사랑하는 분위기를 자아내면 완벽하다. 그러려고 머리카락도 단발로 잘랐다.

옛날부터 내려오는 문학소녀 이미지다.

타이밍이 적절하다고 하면 조금 그렇지만, 독서를 좋아하는 척하는 사이 진짜 시력이 나빠져 안경을 쓰게 되면서 문학소녀 흉내가 더욱 그럴싸해졌다.

이 소도구로 나는 누가 봐도 문학소녀다운 외모가 되었다. 이게 내 삶의 방식이다.

당연히 동아리 활동은 문예부, 당번은 도서위원. 선생님은 매년 당번을 바꿔서 다양한 경험을 하라고 하지만, 나는 2년 연속으로 이 자리를 사수했다.

도서위원은 문학소녀의 필수 아이템이다. 놓칠 수 없다.

그날은 점심시간에 위원회 활동이 있어서 도서실에서 책장을 정리했다. 사서 선생님께 도서관학도 조금 배웠다.

라벨을 체크하는데 "야마시타" 하고 누가 부르기에 뒤를 돌아보니, 나카하라가 책장 옆에 서 있었다.

"아, 응. 왜?"

당황했다. 나카하라하고는 같은 반이지만 제대로 이야기해본 적은 없었다.

육상부 주전 선수로 공부도 잘하는 나카하라는 당연히 여학생들에게도 인기가 많아, 동성 친구도 없는 내가 볼 때는 모든 면에서 가까이할 수 없는 사람이었다.

이름을 불린 것도 처음이다.

"일하는 중에 미안. 추천 도서 좀 알려줄 수 있을까? 집에 한가한 사람이 있어서, 남자인데 지금 집에서 나갈 수 없는 처지라 책이라도 빌려다줄까 하고."

남자인데 집에서 나갈 수 없다? 할아버지나 환자일까? 하지만 그런 건 꼬치꼬치 물으면 좀 그렇겠지.

"그 사람, 어떤 분야에 관심이 있어?"

"음, 역사를 꽤 좋아했을지도 모르겠다. 학교 다닐 때는 일본사를 잘했다고 했으니까."

할아버지가 학창 시절에 그랬다는 뜻일까?

"그래, 그럼 역사소설인가. 하지만 역사 쪽은 잘 몰라. 시대소설은 조금 읽는데."

"그래? 역사소설하고 시대소설은 다르구나. 역시 도서위원은 다르네."

나카하라가 싱긋 웃었다. 내게만 미소를 짓고 있다는 사실에 머리가 아찔했지만, 평범하게 대화하고 있다는 사실도 놀라웠다.

"아, 하지만 확실한 선은 긋기 어려워. 양쪽 특징을 다 갖춘 거라면 이게 좋을지도 모르겠다."

나는 마침 가까운 책장에 있던 야마모토 슈고로의 《전나무는 남았다》를 손에 들었다.

"어, 젓나무가 아니고?"

"전나무야. 전나무는 남았다."

"흠, 상하권이네. 길이도 딱 알맞다. 이만큼 두꺼우면 당분간 시간을 때울 수 있겠어."

"하지만 괜찮을까? 그 사람이 재미있어할까? 나는 굉장히 감동했지만."

"그럼 틀림없어. 야마시타가 그렇게 말한다면. 게다가 내가 권하면 싫어할지 모르지만, 책을 많이 읽는 친구가 권해줬다고 하면 분명 읽을 거야. 살았다, 고마워."

웃음을 보이며 그렇게 말하더니 나카하라는 책을 들고 대출 카운터로 가버렸다. 그 뒷모습을 바라보는데 머릿속이 살짝 혼란스러웠다.

어, 지금 뭐라고 했지?

친구? 친구?

지금 분명 친구라고 했지?

머리가 멍해서 정보를 제대로 처리할 수 없었다.

분명 나카하라가 나를 '친구'라고 했다.

나카하라야 별로 깊은 뜻 없이 흐름상 자연스럽게 한 말일지도 모른다. 그럴 가능성이 높다.

이런 일로 들뜨거나 깊은 뜻이 있는 것처럼 받아들이는 게 이상한 짓이다.

알고는 있지만 누구에게 직접 친구라는 말을 듣는 건 처음이었다.

아마 나카하라는 금세 잊어버리겠지. 집에 돌아가면, 아니 이 도서실에서 나가는 순간 자기가 한 말을 잊을지도 모른다.

하지만 나는 앞으로도 계속 기억해서 때때로 떠올리게 되리라는 예감이 들었다.

중학교 입학식에서 교장 선생님이 하신 말씀을 떠올렸다.

"사람이 죽을 때, 인생을 돌아보면 '아, 그날은 정말 좋은 날이었어. 티 한 점 없는 최고의 날이었어'라고 생각되는 건 평생에 고작 4, 5일이라고 합니다. 인생을 80년으로 볼 때 그중 4, 5일이라면 이 중학교 생활 3년 동안 그런 날은 하루도 없을지 모릅니다."

이게 희망 넘치는 입학식에서 할 말인가? 솔직히 그때는 그렇게 생각했지만, 지금은 진정성 있게 다가왔다.

그렇다면 내게 그 최고의 하루는 분명 오늘이다. 3년이라는 중학교 생활에서 그날이 벌써 와버렸으니, 앞으로 무슨 일이 있어도 받아들일 수 있다.

내가 죽을 때 분명 오늘 일을 떠올릴 것이다. 가령 결혼은 비슷하게 고독한 쓰보타 같은 남자와 하더라도, 숨을 거두는 순간에 떠올리는 것은 분명 나카하라의 말과 미소일 것이다.

바보 같아, 나. 아니, 확실히 바보야.

어째서일까, 울고 싶은 마음이 가슴을 채웠다.

도서실 창밖에서 플라타너스 잎이 바람에 나부끼고 있다. 그 풍경을 바라보고 있자니 위장 부근이 울렁거렸다.

울렁거림은 가라앉을 줄 몰랐지만, 어느새 오후 수업이 끝나 하교 시간이 되었다.

학교 밖으로 나오니 평소와 다른 길로 가고 싶었다.

강변길이었다. 풀들이 저녁 바람에 살랑거리고 있었다. 구름의 윤곽이 금빛 테두리를 그리며 빛나고 있었다. 그것은 지금까지 본 적 없을 정도로 아름다운 구름이었다.

이 구름의 아름다운 모습을 누군가에게 이야기하고 싶다.

그런 생각이 강하게 들었다. 기도에 가까운 마음이었다.

하지만 누구에게?

고독을 견딜 수 없게 되는 건 이런 순간일지도 모른다.

마구 소리치고 싶은 충동에 휩싸였다.

자그마한 일로 사람 마음을 뒤흔드는 나카하라가 괜히 원망스러웠다. 소리를 지르는 대신 발밑의 풀을 난폭하게 쥐어 뜯어 허공에 뿌렸다.

잔혹하리만치 푸르른 녹음의 향기가 났다.

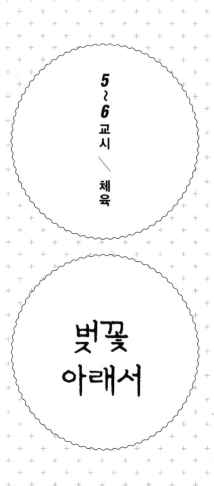

5 ~ 6 교시 ╲ 체육

벗꽃
아래서

이 세상에 체육이 없었다면 나의 마음은 얼마나 평온할까.

― 작자 호시노 아카네

이런 시를 읊을 정도로 나는 체육이 싫다.

아니, 싫은 정도가 아니라 증오스럽다. 아아, 정말로 이 세상에 체육이 없다면 내 마음은 얼마나 평온했을까?

아니, 있어도 된다. 몸을 움직이는 건 나쁜 일이 아니다. 다만 나와 상관없는 곳에서 해줬으면 좋겠다.

그래, 하고 싶은 사람만 하면 되잖아. 어떻게 좀 그렇게 안 될까?

내가 총리대신이 되면 그렇게 바꿔야지. 하지만 그럴 가

160

능성은 제로니까 지금 눈앞의 광경을 똑바로 봐. 현실에서 눈을 돌리지 마, 아카네.

내게 운동신경은 좋고 나쁘고의 문제가 아니라, 처음부터 없는 거였다.

운동신경이 나쁘면 노력에 따라 개선될 여지가 있을지도 모르지만, 애초에 전혀 없으니 어쩔 도리가 없다. 날개가 없으면 하늘을 날 수 없듯, 처음부터 불가능한 일이다.

내가 할 수 있는 건 기본적인 동작뿐. 걷고, 서고, 앉는 정도이고 빠르게 달리거나 높이 뛰는 프리미엄 옵션 기능은 없다.

가전제품에 비유하자면 굉장히 저렴하고 단순한 기기다. 다른 건 못합니다. 고도의 기능은 없습니다.

모두 그 점을 알아주지 않는다. 열심히 하면 어떻게든 된다고 생각한다.

가령 달리기 시합. 나는 죽어라 온 힘을 다하고 있는데 남들 눈엔 태평하게 적당히 꾀를 부리며 달리는 것처럼 보이는 모양이다. "좀 더 열심히 해!", "온 힘을 쏟아!"라고 한다.

말도 안 돼. 나는 안간힘을 쓰고 있는데 이런 것이다. 그걸 이해해주지 않는다.

괜히 키가 큰 것도 문제다. 키만 보고 아무것도 모르는 어른은 당연하다는 듯 이렇게 묻는다.

"농구나 배구 하니?"

아니라고 대답하면 뜻밖이라는 표정을 짓는다.

"왜?"

그렇게 말하고 싶은 건 나다. 왜 '큰 키=농구나 배구를 한다'가 되는 거지? 너무 단순한 사고방식이다.

이 큰 키 때문에 괜히 더 억지로 움직이는 것처럼 보이는 모양이다.

같은 반에 아사오카 사에라는 굉장히 자그마하고 가녀린 여학생이 있다. 중학교 2학년이지만 초등학교 3학년 정도로 보인다.

얼굴도 앳되고 깜찍하다. 그런 사에가 달리거나 점프하는 모습은 그야말로 안간힘으로 똘똘 뭉쳐 있어, 어디로 보나 열심히 노력하는 것 같아 모두 진심으로 응원하게 된다.

실제로 사에가 장거리 달리기라도 마치면 순위와 상관없이 다들 감동의 박수를 친다.

하지만 똑같이 해도, 똑같은 순위라도 나에게는 '느려', '둔해', '촌스러워'가 되는 것이다. 억울하다.

중학교 입학 후 처음 받은 체육 수업은 제식훈련이었다.

나는 이것을 하는 의미를 전혀 모르겠다. '차렷', '정렬',

'열중쉬어', '우향우', '좌향좌' 등등. 뭘까, 이 명령조, 위압감. 다들 반발하지 않는 게 이상하다.

거기에 맞춰 똑같은 동작을 하는 집단. 군대나 어느 나라가 떠올라서 오싹해진다.

'열중쉬어'라는 말을 듣지 않아도 쉬고 싶을 때는 쉰다. 그쪽을 돌아보고 싶지도 않은데 어째서 '우향우'라는 명령을 따라야 할까? '쉬어'라는 말을 들어도 그런 상태에서 정말로 쉴 수 있을 리 없다.

하지만 반드시 교육을 받는다. 초등학교에서도, 중학교에서도. 그게 체육의 기본이라고 하는 선생님도 계셨다.

"이건 운동이 아니야. 운동신경과는 상관없어. 누구나 할 수 있다." 선생님은 그렇게 말했다.

그 '누구나 할 수 있는' 일을 하지 못하는 사람이 있는 것이다.

그런 사람의 마음은 생각해본 적도 없겠지.

그 정도로 쉽다고 말하고 싶은 거겠지만, 못하는 사람을 격려한다기보다 이것도 못하면 정상이 아니라는 말을 듣는 듯한 기분이다. 체육 선생님은 이 정도도 못하는 사람이 있다는 사실을 믿을 수 없겠지.

그것은 교만이자 오만이다. 사람들이 쉽게 할 수 있는 일을 하지 못하는 사람이 있다는 것을 알아줬으면 좋겠다.

"우향우." 구령과 함께 다들 너무나 쉽게 똑같이 움직인다. 나도 머릿속으로는 그러고 있다. 하지만 동작이 못 따라간다. 우향우. 혼자만 다른 방향을 향하는 것이다. 마치 콩트 같지만 절대 장난치는 것도, 반항하려고 일부러 그러는 것도 아니다.

나는 다른 아이들과 똑같이 움직였다고 생각하는데 어째선지 이렇게 되어버리는 것이다. 몇 번을 해도.

"오른발 뒤꿈치하고 왼발 끝을 써서 오른쪽으로 도는 거야. 오른발 끝을 들고, 왼발 뒤꿈치를 떼서 왼발을 오른발에 붙이면 돼."

그런 말을 들으면 이번에는 그 말에 사로잡혀서 점점 더 혼란에 빠진다.

"어? 오른발 뒤꿈치를? 왼발 끝에?"

설명하면서 시범도 보여주는데, 그걸 눈으로 볼 때는 '그렇구나' 하고 할 수 있을 듯한 기분이 들지만, 막상 해보면 안 된다.

스스로도 이유를 모르겠다. 결국 선생님이 아예 손발을 붙잡고 알려주지만, 아무래도 발이 떨어지지 않는다.

너무 재능 없고 둔해서 주위에서는 '이 녀석 엄청나, 진짜

네' 하는 분위기가 된다. 정말 운동신경이 없는 아이라고 놀란다.

그런 내게 운동회는 지옥 같은 행사였다. 유치원 때부터 줄곧.

운동회에는 수식어처럼 '고대하던'이라거나 '모두가 기대하는'이라는 말이 붙지만, 결코 그렇지 않은 사람도 있다는 걸 알아주길 바란다. 극히 소수라 해도.

대중에 섞여 개개인의 책임을 따지지 않는 줄다리기나 공던지기 같은 경기는 그나마 낫다.

최악은 달리기다.

먼저 경주. 다섯 명쯤 한 조가 되어 달리는데, 이 분야는 유치원 때부터 지금껏 부동의 최하위, 꼴찌를 유지하고 있다 (이렇게 말해도 되는 걸까?).

내가 다닌 초등학교는 달리기를 마치면 1등은 1등, 2등은 2등 깃발 밑에 줄을 서서 모든 시합이 끝날 때까지 쭈그리고 앉아 기다려야 했다.

1등 줄에 있는 아이는 그야말로 뿌듯한 얼굴에 웃음이 가득하고, 최하위 줄에 있는 아이들은 하나같이 고개를 숙이고 말을 하지 않는다.

동병상련을 나누는 것도 아니고, 멋쩍게 웃는 것도 아니고, 서로 눈을 마주치려 하지 않는다. 쥐 죽은 듯 고요한 게, 흔히 말하는 상갓집 같다.

전교 아이들이 두 팀으로 나뉘어 겨루기 때문에 득점하는 데 공헌하지 못하는 것에 대한 미안함과 한심함에 그저 고개를 숙일 뿐.

그뿐이라면 차라리 낫지만 모든 시합이 끝나면 다시 맨 앞에 선 아이가 순위를 인쇄한 깃발을 들고 각각의 순위에 속한 그룹이 줄을 맞추어 교정을 한 바퀴 돌아야 했다.

물론 보호자석 앞도.

1등을 한 아이들은 가슴을 펴고 환하게 웃으며 부모에게 손을 흔들고, 보호자들은 한층 큰 박수를 보낸다. 자랑스럽게 비디오카메라를 찍는 부모. "축하해!", "굉장했어!" 하는 목소리가 날아든다.

우리 최하위 그룹은 고개를 숙이고 그저 빨리 끝나기만을 바랄 뿐.

그러면 보호자석에서는 1등 한 아이들이 돌 때와는 다른, 동정에서 오는 울적한 박수를 친다. "열심히 했어!", "괜찮아, 괜찮아, 신경 쓰지 마!", 개중에는 "고개 들어! 부끄러운 일이 아니야!"라고 말하는 사람도 있는데, 그런 말을 들을수록 더 쥐구멍에 숨고 싶어진다는 걸 어떻게 해야 전할 수 있을까?

이래서야 완전히 동네 망신이잖아.

나는 매년 그런 취급을 받을 때마다 할아버지와 같이 보러 간 시대극에서 나온 '조리돌림'을 떠올렸다.

요즘은 달리기 시합에서 등수를 매기지 않는 학교도 많다는데, 아무리 시골 학교이고 옛날부터 그래왔다지만 이런 일이 용납되어도 되는 걸까?

어디에 신고할 수 없을까? 진심으로 그런 생각도 했다.

그리고 전원 참가 남녀 혼합 홍백 릴레이. 달리기 시합은 개인 책임이니 그나마 낫다. 망신을 당하는 것도 각자. 하지만 이건 다르다. 남에게 폐를 끼치고 마는 것이다. 숨고 싶다. 죄책감 최고.

반 아이들은 내 존재가 승패를 좌우한다고 여겼고, (물론 좋은 의미가 아니라) 내가 어느 팀에 속하는지가 많은 사람들의 관심사였다.

"우아, 아카네, 올해는 백팀이야? 패배 확정이네."

노골적으로 얼굴을 찌푸리는 남학생도 있었다.

반에서 가장 상식적인 반장 하마모토조차 이런 제안을 할 정도였다.

"선생님, 아카네가 있는 팀에는 세트로 가장 발이 빠른 시라카와를 넣어서 균형을 맞춰야 공평하지 않을까요?"

더군다나 담임선생님도 그것을 훌륭한 생각이라는 듯 받아들였다. 하지만 확실히 내 느린 다리는 팀 전체에 불이익을 주므로 이런 취급도 감수할 수밖에 없다.

구기 종목도 마찬가지로 괴롭다.

가장 먼저 타깃이 되고, 맞자마자 바로 팀에서 벗어나는 피구는 그나마 낫지만 배구나 농구는 그저 고통스러울 뿐.

배구는 최대한 공이 날아오지 않는 위치를 배정받고, 나도 마음속으로 '제발, 제발, 공이 날아오지 않기를!' 하고 기도한다.

하지만 그런 기도도 소용없이 이쪽으로 날아오면 모두 일제히 "백업! 백업!" 하고 외치며 달려와준다. 고맙기도 하고 미안하기도 하다.

농구의 경우 다른 아이들의 움직임에 맞춰 우왕좌왕하면서 그런대로 손도 올려가며 열심히 참가하는 시늉을 하지만 실제로는 공이 절대 오지 않는 위치에 있는 기술을 익혔다.

그러면서 벽시계만 바라보며 시간이 빨리 지나가길 기다린다. 이럴 때 정말 시곗바늘을 앞으로 돌릴 수 있다면 얼마나 좋을까 진지하게 생각한다.

같은 편이 공을 들고 누군가 패스할 상대를 찾으면 나는 일부러 상대 팀 그림자에 숨어 '공을 받고 싶은 마음은 간절하지만 상대 팀에 방해를 받고 있습니다'라는 시늉을 한다. 자작극이다.

그런 짓을 하고 있지만 사실 내게 패스를 하려는 사람은 하나도 없다.

중학교 2학년 1학기 체육 시간에 다른 아이들이 전부 마크당해서 패스할 수 있는 상대가 달리 없었을 때, 공을 들고 있던 니시지마와 눈이 마주쳤다. 찰나의 순간이었지만 그 아이의 눈에 '망했다'라는 감정이 스치는 것을 나는 놓치지 않았다.

그 순간, 니시지마는 공을 코트 밖으로 던졌다.

손이 미끄러진 척했지만, 누가 봐도 내게 공을 보내느니 코트 밖으로 던지는 게 차라리 낫다고 생각한 거겠지. 옳은 판단이다.

나와 니시지마는 같은 초등학교를 나왔다.

6학년 때, 역시 체육 수업으로 농구를 했을 때였다.

똑같이 다른 아이들이 전부 상대 팀에 블록당해서 자유로운 건 나밖에 없는 상황에서 니시지마는 주저 없이 내게 날카로운 패스를 던졌다.

그것을 나는 얼굴로 정통으로 받아버렸다. 얼마나 정확했는지, 같은 반 아이 말에 따르면 한순간 얼굴이 농구공인 캐릭터처럼 되었다고 한다. "철썩!" 하는 흉한 소리와 함께.

나는 쌍코피를 쏟았고 입안도 찢어졌다. 그걸 본 젊은 여선생님은 크게 당황해 이렇게 말했다.

"니시지마! 상대를 보고 패스해야지!"

니시지마는 그 말을 따랐을 뿐이다. 그때 선생님의 가르침은 똑똑히 살아 있었다. 그렇다, 그러면 된다.

다들 체육 시간에는 나를 찾지 말아줘. 머릿수에 넣지 말아줘.

혼자 추태를 부리고 망신을 당하는 것뿐이라면 차라리 낫지만, 주위에 폐를 끼친다고 생각하면 견딜 수 없다.

미안해서 몸이 움츠러든다.

그런 내 귀에 어느 날 믿을 수 없는 뉴스가 날아들었다.

이보다 더 알기 쉬운 명칭이 없을 듯한 '운동청'이라는 기관에서 '운동, 스포츠를 싫어하는 중학생을 반으로 줄인다'는 목표를 내세운 것이다.

좋아하게 만드는 게 아니라 반으로 줄이겠단다. 우리는 줄여야 할 대상인가. 몰아내야 할 존재인가.

잠깐만. 운동을 좋아하고 싫어하는 문제가 아니라 몸이

그렇게 움직이지 않는 것이다. 기합이나 마음가짐으로 해결될 문제가 아니다.

하지만 이 목표에는 확실한 이유가 있어 '장래 건강한 신체를 유지하고 가급적 주위에 폐를 끼치지 않고 살아가게 하기 위함'이라고 한다.

어, 그럼 뭐예요? 운동을 싫어하는 아이는 예외 없이 장래에 건강하지 못하고 주위에 폐를 끼치는 사람이 된다는 건가요? 이렇게 삐딱하게 굴고 싶어지는 것도 어쩔 수 없다.

하지만 운동을 해도 병에 걸리는 경우는 있다. 그러면 환자는 민폐라고 말하는 것이나 다름없다. '전 국민 스포츠 사회'라고? 병석에 누운 노인까지 두들겨 깨워서 운동을 시킬 셈인가? 말도 안 돼. 이런 목표를 세운 사람은 운동신경이 뛰어난 사람일 테니 스포츠를 싫어하는 사람이나 그런 사고방식은 절대 있을 수 없다며 이해하지 못하겠지.

지금도 남에게 폐를 끼치기 싫은데, 나아가 장래에 확실히 남에게 폐를 끼치게 될 거라고 예언하다니 서, 서럽다.

나한테 어쩌란 거야?

전국에서 운동을 싫어하는 사람을 모아 반란이라도 일으킬까?

고개를 들었다. 지금은 동아리 시간. 매년 연례행사인 마라톤 대회를 설명하고 있다. 남자 15킬로미터, 여자 10킬로미터. 작년에는 최하위, 맨 꼴찌.

코스는 학교 주변 일반 도로로, 달린 건 처음 몇 미터뿐이고, 그 뒤로는 계속 걸었다. 아니, 보란 듯이 일부러 걸었다.

걷고 있는데 뭐 문제라도? 그런 마음으로 당당히.

체육 선생님은 끈질기게 "어이, 좀 달려. 근성을 보여!"라고 말했지만, 지금 이게 근성을 보여주고 있는 거라고 작심했다.

그저 조금 거북했던 게, 마라톤 대회는 빨리 골인한 사람부터 각자 돌아가도 되는데 그런 아이들과 마주쳤을 때였다.

"어, 아직 안 끝났어? 어, 이제 학교로 돌아가서 골인?"

그 아이들은 당혹스러운 표정으로 왠지 자기들이 나쁜 짓을 한 듯한 표정을 지었다.

"아하하. 뭐, 그래."

웃음으로 답했지만 안쓰러워하는 반 아이들의 시선은 따가웠다. 하지만 그런 것도 딱히 남에게 폐를 끼치지 않는 개인 경기니 괜찮다. 약간 부끄러울 뿐.

하지만 올해는 반별로 평균 시간을 재서 겨룬다고 한다.

선생님에게 그 설명을 듣자마자 "에엑!" 하는 소리가 나더니 그중 몇 명이 반사적으로 나를 바라보았다.

괜찮아, 무의식적인 행동이니 딱히 탓할 생각은 없어.

하지만 이게 무슨 일이람. 여기서도 연대책임을 져야 하다니.

민망해져서 무심코 고개를 숙여버렸다. 민망함은 선불.

어쩌지, 빠져버릴까.

"그날 빠질 생각은 아니겠지?"

그런 목소리가 들려와 고개를 드니 나카하라였다. 어느새 쉬는 시간이었다. 딱 들켰지만 토라져서 고개를 돌렸다.

"그러면 어때서."

"뭐, 상관없지만."

나카하라는 그렇게 중얼거리더니 가버렸다.

나카하라는 육상부라 발이 빠르다. 특히 장거리를 잘해서 작년 마라톤 대회 때 학년 1등을 했다.

분명 대회 신기록이기도 했다. 구기 종목도 잘한다. 즉 운동신경이 뛰어난 스포츠 엘리트인 것이다. 그런 사람이 내 심정을 알 리 없다.

"얘, 나카하라하고 무슨 얘기 했어?"

미오가 얼른 달려와서 물었다.

"별로 아무것도 아냐."

"흐응, 역시 아카네, 너 같은 애는 나카하라 같은 남자애가 좋아?"

나 같은 애라니, 나처럼 운동신경이 없는 사람은 스포츠 천재 남학생을 동경하느냐는 뜻인가?

자기한테 없는 걸 찾느냐고?

말도 안 되는 소리다. 그런 아이는 나 같은 사람을 아주 우습게 볼 테고, 나도 그런 스포츠 지상주의 녀석하고 가치관이 맞을 리 없다.

"설마. 전혀 아니야, 전혀."

"그래?"

그렇게 말하는 미오야말로, 하고 말해볼까 하다가 귀찮아질 것 같아 그만두었다.

"그보다 마라톤 대회, 싫다."

요란스럽게 얼굴을 찌푸리며 책상에 엎드렸다.

"나도 싫어. 피곤해. 춥기도 하고. 아, 하기 싫다."

그렇게 말하는 미오는 사실 발은 느리지 않다.

오히려 빠른 편이다. 운동신경도 그럭저럭 괜찮다. 하지만 모든 일에 의욕 없는 시늉을 하는 게 그녀의 스타일이었다. 미오가 관심을 보이는 건 오로지 외모뿐이다.

그런 면에 흥미나 관심이 있는 나이라고는 해도 미오는 특별히 그게 강했다.

"1반 ○○ 말이야" 하고 여학생 이름을 말하면 "아, 그 눈이 크고 귀여운 아이 말이지"라거나 "피부가 하얗고 예쁜 아이 말이지", "그 애, 여배우 ○○를 닮아서 미인이지"라는 식으로 꼭 외모 평가, 코멘트가 따라온다. 외모로 여학생을 분류하는 것 같다. 반대도 마찬가지다. "그 애, 그렇게 귀엽지 않은데 분명 자기는 귀여운 줄 알아"라거나 "스타일은 좋은데 얼굴이 아쉽네"라는 말을 한다.

외모의 미추에 가장 큰 가치를 두었다. 아마 나에 대해서도 마음속으로는 뭐라 평가하고 있겠지.

그런 미오 자신은 지극히 평범하다. 빼어난 미인은 아니지만 못생기지도 않았다. 하지만 본인은 자기평가가 몹시 낮아 "아, 난 얼굴이 못생겨서 싫어"라고 늘 한탄한다. 그 정도는 아니라고 생각하는데, 왠지 자기 외모에 관해서는 늘 비관적이라 "아, 나는 왜 이런 얼굴로 태어났을까" 하고 늘 한숨을 쉬며 이렇게 말한다.

"난 꼭 성형할 거야. 한국에 가서. 거기서는 성형이 일반적이니까. 일본보다 비용도 싸고, 완전히 다른 사람처럼 예쁘게 만들어줘."

미오는 예뻐지고 싶은 걸까, 다른 사람이 되고 싶은 걸까?

그렇게 묻자 "둘 다"라고 대답했다.

"만약 지금 악마가 나타나서 미인으로 만들어주는 대신 수명을 30년, 아니 40년 빼앗아 가겠다고 하면 바로 계약할 거야. 추녀로 오래 살아도 소용없잖아."

그런가? 왠지 부분적으로 극단적이고 지나치게 과잉되어 균형이 맞지 않는 우리.

미오도 생각이 지나치다. 하지만 그게 그 애 사고의 대부분을 차지한다.

그러는 나도 마라톤 대회 문제로 머릿속이 가득했다.

어른들이 들으면 그런 것보다 고민할 문제가 얼마든지 있다고 기막혀 할지도 모른다. 나 스스로도 그렇다고 생각하지만, 방법이 없다. 그럴 가치도 없는 일이 머릿속 대부분을 차지하고 있다.

어느 학교에서나 운동신경이 나쁘고 둔한 사람은 대개 놀림이나 왕따의 대상이 되는데, 내 경우 운동신경이 너무 나쁘달까, 지나치게 없다 보니 그런 놀림이나 비웃음의 범주를 벗어나 금기의 영역, '언터처블'의 영역까지 달했기 때문에 다들 모르는 척한다.

하지만 이대로 이 위치에 만족해도 되는 걸까?

지금은 다행히 주위 사람들이 착해서 이런 무풍 상태지

만, 앞으로 어찌 될지 모른다. 하다못해 조금 더 어떻게 하는 게 낫지 않을까?

적어도 남들만큼. 아니, 그건 평범한 사람이 올림픽에 나갈 정도의 노력과 기적이 필요하니 하다못해 밑바닥에서 한 칸 정도만이라도 올라가고 싶다.

그러려면 어떻게 해야 할까?

"하아아."

미오와 나는 둘이서 동시에 깊은 한숨을 쉬었다.

모든 운동의 기본은 달리기다.

이 말을 한 사람은 체육 선생님이었다. 하긴, 어느 운동부나 달리는 모습을 자주 본다.

사서 고생이라고 늘 바라보기만 했지만 확실한 이유가 있었던 것이다.

좌우대칭으로 움직이는 달리기는 운동 능력 향상에 가장 알맞다고 한다. 그렇다면 달리기를 제압하는 자가 모든 것을 제압한다.

요컨대 그냥 달리면 되잖아.

기구도 어려운 논리도 딱히 필요하지 않다. 그렇다. 작년에 거의 걷기만 했던 마라톤 대회(1인 워킹 대회)였지만 그것을 그저 전부 달리기로 바꾸기만 해도 기록이 확연히 다를 것이다.

만약 같다면 그건 지구의 시간 축이 이상한 거다. 그게 가능하다면 적어도 작년처럼 경기를 마치고 하교하는 친구들과 마주치는 불운도 피할 수 있으리라.

다행히 집 주변은 배밭이나 복숭아밭으로 둘러싸인 시골이라 지도에 실리지 않는 들길이 무수히 많아 남하고 마주칠 일은 거의 없다.

남들 눈에 띄지 않게 몰래 훈련해서 심장을 강하게 만들고 근력을 키우자. '새로 태어난 호시노 아카네'는 지금부터 시작되는 것이다.

그렇게 휴일인 토요일 아침, 이불 속에서 거창하게 맹세했지만 뭉그적거리다가 결국 저녁이 되었다. 뭐, 어때. 오히려 노을에 숨을 수 있다. 생각해보면 온 학교에 추태를 드러냈으니 이제 와서 부끄러워할 일도 없지만, 나 같은 사람이 몰래 훈련한다니 너무 식상해서, 항상 0점을 받던 사람이 하다못해 10점이라도 받으려는 것처럼 좀스러워 그전과는 또 다른 민망함이 있는 것이었다.

1월 중순. 북풍이 뺨을 어루만진다. 낮에는 따뜻했지만 해가 조금 기울기 시작하자 갑자기 공기가 차가워졌다.

178

벌써 포기하고 싶다. 지금까지의 나였다면 여기서 일찌감치 집으로 물러났을 것이다. 감기에 걸리면 본전도 못 찾는다고 변명하면서.

하지만 오늘부터의 나는 다르다. 한 걸음 내디딜 것이다. 이것은 커다란 한 걸음이다. 다른 사람에게는 아무래도 좋은 일이겠지만 내게는 큰 변화다.

마음이 바뀌기 전에 달리기 시작했다. 생각하지 마. 그저 다리를, 손을 움직여.

하지만 몇 걸음 채 가지도 않아 심장이 아프고 숨이 차서 멈춰버렸다. 남이 보면 도저히 '달렸다'고는 보이지 않을 거리로, 하물며 훈련이라고 생각하는 사람은 더더욱 없을 것이다.

닭이 쫓아와도 조금은 더 달리겠다.

뭐, 됐다. 무리는 금물이다. 의욕만 넘쳐 그 반동으로 질리는 것보다는 낫다.

한동안 걸었다. 완전히 오후 산책이 되어버렸다.

앞쪽을 보니 보조기를 밀며 아장아장 걷는 할머니가 계셨다. 기시 씨네 할머니다. 재활 훈련을 위해 의사가 걷기를 권했다고 전에 우리 어머니하고 이야기했던 것을 떠올렸다.

비슷한 속도다.

안 돼, 나는 재활 훈련을 하는 게 아니야. 기세를 올려 할머니를 앞질렀다. '누군가를 앞지르는' 경험은 처음일지도 모른다. 상대는 재활 훈련을 하는 할머니이긴 하지만. 할머니에게 정신이 팔려 있는데, 앞쪽에서 누군가 달려왔다. 근시에 노을이 깔리기 시작해서 잘 보이지 않았다.

"아."

상대방도 이쪽을 보고 그렇게 말하는 것 같았다. 나카하라였다. 달리기를 하고 있었다. 어쩌지, 이제 와서 다른 길로 가는 것도 이상하다.

무엇보다 외길이라 방법도 없지만. 농로라 숨을 만한 건물도 없었다. 주위에는 잎이 떨어진 겨울나무들뿐.

이런 점이 시골길이 서글픈 이유다. 시선을 떨어뜨리고 고개를 숙여 지나치려고 했는데, 뜻밖에도 나카하라는 속도를 줄이더니 내 앞에서 멈췄다.

"뭐야? 배회?"

인사도 없이 그런 말을 한다. 조금 울컥해서 시장에 간다고 거짓말을 했다.

"혼자서 심부름 가? 훌륭하네."

비꼬는 것처럼 말하더니 달려서 가버렸다.

역시 너무 뻔히 보였나. 이 앞에 가게는 없다.

나카하라는 개인 연습을 하는 걸까? 저런 아이는 분명 달리는 게 즐거워서 못 견디겠지. 나는 절대 알 수 없는 경지지만. 나카하라하고 초등학교는 다르지만 성적도 상위권이고 운동신경도 뛰어나면 인기가 없을 수 없다. 미오도 마음에 두고 있는 게 아닐까? 그래서 귀여워지고 싶은 걸까?

나카하라네 집은 크림색 벽으로 새로 지은 집이다. 우리 집에서는 3킬로미터쯤 떨어져 있다.

이런 곳까지 뛰러 오는구나. 오늘도 분명 육상부는 동아리 활동이 있었을 텐데. 달리는 걸 어지간히 좋아하네. 그만큼 발이 빠르면 달리는 보람도 있겠지. 항상 이 부근을 달리는 걸까?

다음 날인 일요일은 어제보다 빨리 집을 나섰다.

따뜻할 때 달리고 싶었고, 나카하라와 마주치지 않도록 피한 것이다.

몇 미터를 달렸다. 어제와 마찬가지로 바로 숨이 찼다. 허억허억 숨이 가쁘다. 달리다 보면 언젠가 조금은 편해질까?

두 손으로 무릎을 짚고 몸을 숙여 숨을 고르고 있는데, 발소리가 다가왔다.

설마.

고개를 드니 빙고. 나카하라였다. 어째서? 왜?

이런 신의 장난은 필요 없어.

"뭐야? 스토커?"

또 대뜸 무례한 소리를 한다.

"너, 너야말로."

되받아치자 나카하라가 웃었다.

"오늘은 이르네."

"일요일은 동아리 활동을 오전에만 하니까. 난 늘 이 시간
에 달려. 중학교에 들어오고 나서 쭉."

그랬나. 그렇다면 확실히 내가 시간을 맞춘 것처럼 보이
겠다.

뭐라 말하려던 나카하라가 내 어깨 너머로 뭔가를 보더니
표정이 굳어버렸다. 나도 덩달아 뒤를 돌아보니 세상에, 홀
딱 벗은 할아버지가 이쪽으로 빠르게 걸어오고 있었다.

어, 어, 어, 저게 뭐야?

반사적으로 고개를 돌렸다. 나카하라가 달려갔다.

"아저씨, 미야자와 아저씨 맞죠? 어디 가세요?"

"나야 시집간 큰딸한테 가지."

의외로 또렷한 목소리였다.

"그렇구나. 하지만 이쪽 아니지 않아요? 저도 마침 그쪽
에 볼일 있으니까 같이 가요."

나카하라는 살짝 돌아보더니 자기 운동복 윗옷을 할아버지에게 덮어주고 마른 어깨를 끌어안았다.

키가 큰 나카하라의 윗옷은 왜소한 할아버지의 몸을 폭 감쌌다. 밑으로 비어져나온 맨다리는 새처럼 가늘고 피부는 창백하고 푸석했으며 발은 맨발이었다.

"아는 집 할아버지야. 내가 바래다드릴게."

나카하라가 할아버지의 어깨를 끌어안고 고개를 돌려 말했다.

나카하라는 하얀 티셔츠 차림이었다.

"으, 응."

걸어가는 두 사람의 뒷모습이 작아질 때까지 바라보았다.

흔히 말하는 배회 어르신이겠지.

이따금 마을 사무소에서 방송을 하곤 한다.

"○○세 남성이 오전 10시경부터 행방불명 상태입니다. 복장과 외모는"으로 시작해 마지막에는 "발견하신 분은 사무소로 연락 바랍니다"로 끝난다.

발견했을 때는 "무사히 발견되었습니다"라는 방송을 한다. 그런 사람을 실제로 만난 건 처음이었다.

다음 날, 학교에 가니 나카하라가 내 자리로 찾아왔다.

"어제는 고마웠어."

"아, 괜찮았어?"

"뭐, 우연히 아는 집 할아버지라. 가끔 그러는 모양이야. 머리는 좀 그렇지만 몸은 튼튼하니까 어디든 걸어가버린대. 어제도 목욕을 하려고 했는데 옷을 다 벗더니 그만 잊어버렸는지 그대로 집 밖으로 나갔던 모양이야."

"그렇구나. 그런데 대단해. 직접 바래다주다니."

"아니, 그게 뭐 대단하다고. 나, 전날 이상한 소리를 했잖아."

"어, 이상한 소리? 뭐라고 했지?"

"우연히 널 만났을 때 배회하는 거냐고 물었잖아. 장난으로 그런 소리를 했으니 왠지 좀 책임감을 느껴서."

"그건 별 상관 없지 않아? 그런 일 가끔 있잖아. 호랑이도 제 말 하면 온다는 것하곤 조금 다르지만, 뭐가 관련된 일이 우연히 일어나는 경우. 하지만 춥지 않을까? 한겨울인데. 이 추위에 '어라? 내가 뭘 하고 있지?' 하고 제정신으로 돌아오지는 않을까?"

"음, 추위나 더위 같은 감각도 마비되는 걸까?"

"그런 것도 못 느끼는구나."

"내가 한 말에는 제대로 대답하던데. 하지만 네가 괜히 호

184

들갑을 떨거나 놀리거나 기분 나빠 하지 않아서 다행이었
어."

"그래?"

"그럼. 여자애들은 금방 난리법석을 떨잖아. 아무것도 아
닌 일로."

"우리 집에도 어르신이 있으니까."

"너희 집도 큰일인가 보네."

"아니, 그런 건 아니지만."

목소리가 스스로도 느낄 정도로 가라앉았다. 나카하라는
뭔가 말하고 싶은 눈치였지만, 종이 울리는 바람에 제자리로
돌아갔다.

너희 집도 큰일인가 보네.

큰일이라면 큰일이겠지.

그 할아버지하고는 또 다른 상황이지만.

우리 할아버지는 집에서 요양 중이다. 두 달 전까지 병원
에 입원해 계셨지만, 본인이 강하게 원해 집으로 돌아왔다.

"집에서 죽고 싶다."

그렇게 말씀하셔서.

할아버지는 사실 날이 많이 남지 않았다.

병이 나을 가망이 없다. 그래서 집으로 돌려보낸 것이다.

지금은 계속 집에 누워 계신다.

다음 쉬는 시간에 미오가 와서 말했다.

"아까 나카하라하고 무슨 얘기 했어? 수상해. 왠지 요새 사이좋잖아."

"아니야."

"그래? 하지만 나카하라하고 아카네를 합쳐서 반으로 나누면 아이는 딱 적당한 운동신경을 타고나겠다."

"그게 뭐야? 비약이 너무 심해."

"헤헤."

미오는 웃으며 농담으로 넘겼지만, 말에 가시가 있었다. 역시 미오는 나카하라에게 마음이 있다고 확신했다.

월요일은 동아리가 없어(나는 당연히 문화부 동아리, 미술부다) 일찌감치 집으로 돌아와 할아버지 방에 갔다.

내가 태어나기 얼마 전에 할머니가 암으로 돌아가신 뒤로 할아버지는 쭉 혼자 사셨는데, 4년 전에 건강이 나빠진 것을 계기로 우리와 함께 살게 되었다.

그 전까지 우리 가족 셋은 같은 지역이라고는 해도 차로 한 시간쯤 떨어진 마을에서 살았다.

할아버지는 말기 신부전으로 이미 손을 쓸 수가 없다고 한다. 신부전에 효과 있는 치료법은 인공투석인데, 그것을 견뎌낼 체력이 없다.

하지만 그런 치료를 해도 몇 달밖에 살지 못한다고 했다. 육체와 정신에 부담을 주는 괴로운 치료를 계속 받는 것보다 조용히 마지막을 받아들이는 길을 택했다.

그때를 기다리는 나날. 할아버지는 어떤 마음으로 하루하루를 보내고 있을까?

가령 텔레비전에서 영화를 소개한다. 개봉은 내년 봄이라고 한다.

그때는 이미 세상에 없을지도 모른다.

가령 불꽃놀이를 본다. 또 보고 싶어도 이번이 마지막일지 모른다.

내년에 여행을 가자고 한다.

하지만 이제 거기에는 갈 수 없다.

지금이 미래로 이어지지 않는다. 당연하게 오늘은 어제가 되고, 내일은 오늘이 된다.

하지만 어쩌면 자기에게는 내일이 오지 않을지도 모른다. 모두 당연히 여기는 일이, 자기에게는 그렇지 않다. 자기만 그곳에 갈 수 없다.

혼자서 끌어안아야만 하는 끔찍한 고독.

할아버지가 계신 방 장지문을 열었다. 정원을 바라보는

다다미 여섯 장짜리 방.

방으로 들어가자 독특한 냄새가 났다. 삶은 무말랭이와 감귤류 방향제, 소독제를 옅게 섞어놓은 듯한 냄새.

내가 들어가자 할아버지는 감고 있던 얇은 눈꺼풀을 천천히 떴다. 막이 낀 것처럼 검은자위가 탁하다.

"아아, 어서 오너라."

"다녀왔어요."

너무 말랐다. 원래 뚱뚱한 편은 아니었지만 전에 비하면 10킬로그램 넘게 빠지지 않았을까?

다리는 내 팔처럼 가늘어지고 말았다. 걷지 않으면 근육도 빠진다는데, 뼈에 피부가 축 늘어져 있다. 얼굴도 해골에 가죽 한 겹이고, 검버섯이 잔뜩 핀 손등은 조금만 힘을 주어 닦으면 피부가 쑥 벗어질 것 같아 무섭다.

그렇다, 무섭다. 사실 이 방에 와서 할아버지의 모습을 보는 게 무섭다. 하지만 오지 않으면 몹시 후회하리라는 것도 안다.

"오늘은 일찍 왔네."

"동아리가 없는 날이라."

"그러냐. 여기 계속 누워 있으면 오늘이 몇 월 며칠이고 무슨 요일인지 잊어버려. 그뿐이니, 낮인지 밤인지도 모르겠구나."

"잠깐 일어나보실래요?"

할아버지가 천천히 고개를 끄덕이기에 등에 손을 둘러 받쳐주면서 상반신을 일으켜드렸다.

잠옷 너머로 뼈의 감촉이 그대로 느껴져 오싹했다. 영영 익숙해지지 않는다. 슬플 정도로 가슴팍이 얇다.

"괜찮아요?"

"오냐. 이러고만 있어도 보이는 풍경이 아까하고는 다르구나."

할아버지에게는 누워서 보거나, 이불 위에서 상반신을 일으켜서 보는 두 가지 풍경밖에 없는 것이다.

창으로 보이는 정원도 지금은 살풍경하니 색을 잃었다. 밤하늘을 등진 앙상한 나무가 바람에 흔들렸다.

라일락나무다. 할아버지는 리라라는 이름으로 즐겨 부르는데, 5월쯤 향기로운 꽃이 핀다. 할아버지는 그걸 볼 수 있을까?

할아버지는 중학교 사회 선생님이었다.

방에는 책장 가득 역사 관련 서적이 꽂혀 있다. 지금은 눈이 너무 피곤해 책장에서 꺼내는 일도 없지만, 그 책들이 곁에 있는 것만으로도 마음이 차분해진다고 한다.

내 이름도 할아버지가 지었다.

발그레(아카네) 물든 자초 핀 들에서도 금역에서도 파수꾼이 볼세라 손 흔드는 그대를.

만요슈◆에 실린 노래에서 따왔다고 한다. 작가는 와카◆의 재능과 미모로 유명했던 누카타노 오키미라는 여성으로, 덴지 천황과 덴무 천황에게 총애를 받았다고 한다.

이 두 사람의 천황은 형제로, 누카타노 오키미를 둘러싸고 진신의 난◆이 일어났다는 설도 있다나. 어쨌거나 절세 미녀로 인기가 높았던 모양이다.

할아버지가 그런 인기를 기대하고 내게 아카네라는 붙인 건 아니겠지만. 인기라. 미오가 예뻐지고 싶은 건 역시 인기를 끌고 싶어서 그런 걸까?

나는 그렇게 인기 없어도 되는데. 괜히 피곤할 것 같고. 실제로 누카타노 오키미 같은 미인이 아니니 괜한 걱정이겠지만.

나도 모르게 한숨을 쉰 모양이다.

◆
만요슈: 萬葉集. 일본에서 가장 오래된 시가집
와카: 和歌. 5음절, 7음절로 구성된 일본의 전통 정형시
진신의 난: 서기 672년에 일어난 고대 일본사 최대의 내란으로, 덴지 천황의 동생 오아마가 태자 오토모에 맞서 지방 호족을 규합해 반기를 든 사건

"왜 그러니?"

할아버지가 내 얼굴을 들여다보았다.

"아니, 저기, 당장 지금이 아니라, 나도 앞으로 조금은 예뻐질까 궁금해서요."

"그럼. 지금도 충분히 예쁜데."

"으음, 그런 손녀용 색안경은 끼지 말고 냉정하게, 일반적인 기준으로 봐서 어때요?"

"여자는 때가 되면 다들 예뻐진단다. 젊은 아가씨는 다들 찬란하게 아름다워. 생명력이 그렇게 만들거든."

"음, 그러니까 그런 게 아니고, 젊음 같은 게 아니라 좀 더 엄격하게, 예쁘다 안 예쁘다고 판단해줘요."

"아니, 사실이야. 정말 젊을 때는 다들 모두 아름답고 멋지단다. 남자도, 여자도 마찬가지야. 할아버지를 보렴. 손은 검버섯으로 가득하지. 내가 봐도 지저분해. 얼굴도 주름투성이에 흉하게 처졌고. 이는 다 빠졌고 머리카락도 없어. 외모로는 젊었을 때보다 나아지는 게 무엇 하나 없지. 점점 심해져. 지저분해지기만 해. 하지만 그래도 괜찮다. 만약 외모가 젊었을 때 그대로 변하지 않는다면 어떻게 될 것 같니?"

"어, 좋은 것 아니에요? 쭉 젊고 예쁘게 살 수 있다니."

"아니, 고생할 게다. 노인이 이성을 끌어들이는 용모라면 여기저기서 문제가 터질 거야. 젊은 사람이 착각해서 노인을 좋아하게 되고, 여기저기서 불륜 문제가 생겨서 엉망이 되겠지. 세상이 큰 혼란에 빠질 거야.

그러니 나이를 먹을수록 점점 흉해져서 젊은 사람은 거들떠보지도 않는 외모로 변하는 건 실로 훌륭한 시스템이야. 신을 만난다면 그렇게 말해줄 생각이란다."

후후후, 하고 할아버지는 즐겁게 웃었지만, 신을 만난다는 말에 간이 철렁했다.

"몸과 머리도 마찬가지야."

할아버지가 말을 이었다.

"젊을 때처럼 기력도 체력도 펄펄 넘쳐서 몸도 지칠 줄 모르고, 머리도 계속 유연하고 기억력이 좋다면 사는 게 즐거워 못 견디겠지. 하고 싶은 일도 많고 거기에 응해주는 체력과 두뇌가 있다면.

하지만 그렇게는 안 돼. 나이를 먹으면 몸 여기저기가 아프고, 체력이 떨어져 병도 생기지. 몸이 노쇠해서 작년에는 할 수 있었던 일을 점점 못하게 돼. 머리 회전도 느려져. 그렇게 조금씩 포기해가는 거야. 머리도 몸도 젊었을 때하고 똑같다면 인생이 즐거워 죽기 싫어지겠지, 무서워지겠지. 하지만 심신이 조금씩 말을 안 듣게 되고, 생각처럼 되지 않는

192

일이 늘고, 포기를 배우게 돼. 그렇게 마지막을 받아들이는 자세, 마음가짐을 저도 모르는 사이에 준비하는 게야, 싫어도 말이지."

할아버지는 이미 그 준비를 마쳤을까?

"아아, 말을 너무 많이 했나. 누워야겠다."

할아버지를 도와 눕혀드리고 옷깃을 가다듬어드렸다.

"고맙구나."

할아버지가 조용히 눈을 감는다.

"또 올게요."

방에서 조용히 나오는데 유리창에 비친 얼굴에 시선이 멎었다.

때가 되면 다들 예뻐진다.

정말일까? 하지만 가장 예쁠 그 시기에 나를 좋아해줬으면 하는 사람을 만나지 못하면 어쩌지?

주방으로 가자 어머니가 저녁 식사 준비를 하고 계셨다.

"할아버지 방에서 잠깐 얘기했어."

"그러니? 그럴 수 있을 때 많이 이야기하는 게 좋아. 정신이 멀쩡할 때."

"무슨 뜻이야?"

"우리 할아버지는 아직 정신이 멀쩡하지만 병이 깊어져

서 의식이 흐려지면 영문 모를 소리를 하기도 한대. 계속 누워 있다 보면 말이야. 약 때문에 그런 것도 있겠지만 할아버지 동료 교사였던 야마모토 선생님도 병으로 입원하셨는데, 입원 기간이 길어지면서 점점 앞뒤가 안 맞는 말씀을 하더래. 정말 반듯한 분이었는데 한밤중에 병원에서 전화를 걸어서 '지금 교토에서 무사히 학교에 도착했어, 조금 있다가 돌아갈게. 선물로 야쓰하시◆를 사 왔어'라고 해서 가족들이 병원에 가보니 아드님께 이제 곧 기말고사니 시험문제를 만들어야 한다느니, 책상 속에 있는 진로지도 자료를 이노우에 선생님께 드려야 하니 가져오라며 이미 돌아가신 선생님 이름을 말하더란다. 정년퇴직한 지 몇십 년이 지났는데도 정신이 완전히 교사 시절로 돌아가버린 거야. 그리고 아들은 알아보면서 며느리는 학생 보호자인 줄 알고 '○○학생은 지금 이대로는 ○○고등학교는 어렵습니다. 기말고사에 확실히 대비하고 내신 점수를 높여야 해요. 생활 태도도 개선하도록 어머님께서 단단히 가르치십시오'라고 설교를 한다더라.

　다들 가장 좋았던 시절로 돌아가는 걸지도 모른다고들 해. 충실하고 가장 좋았던 시절의 자신으로."

◆
쌀 반죽에 설탕과 계핏가루를 넣어 구워 만든 과자로 교토를 대표하는 기념품 인생에서 가장 좋았던 시절의 자신. 할아버지도 선생님이었던 시절일까?

"엄마는? 엄마가 가장 좋았던 시절은 언제야?"

"음, 중학교 때인가?"

"진짜? 거짓말!"

"정말이야. 그때가 가장 즐거웠어. 나중에 생각해보면 말이야."

"그런가? 난 지금 그렇게 재미있지 않은데."

"지나가고 잃었을 때야 알게 된단다."

정말 그럴까? 실감이 나지 않는다. 현실은 괴로운 일만 가득한 것 같다. 그래, 마라톤 대회나. 그것도 포함해서 '즐거웠다'고 말할 수 있는 날이 올까?

하지만 정말로 이렇게 투미하고 무엇 하나 마음대로 되지 않는 중학교 시절이 가장 좋다면, 아무래도 미래에 희망이 없다.

이튿날, 5~6교시는 체육이었다.

요즘 체육은 계속 달리기만 하고 있다. 오늘도 운동장 네 바퀴. 마라톤 대회 코스는 학교 주변이지만 운동장을 달리면 다른 아이들에게 추월당해 몇 바퀴씩 처지는 게 괴롭다. 매번 그렇지만 그래도 나름대로 최선은 다한다.

하지만 바로 심장이 아플 정도로 힘들어진다. 호흡이 거칠어진다. 내 귀에도 거슬릴 정도로 쌕쌕거린다.

괴롭다. 정말 괴롭다. 죽을 것 같다.

죽는 건 괴로울까? 드라마에서 흔히 보는 장면으로 자의든 타의든 독을 먹고 죽는다거나. 그건 무척 괴로워 보인다.

할아버지와 텔레비전 시대극을 보고 있으면 혀를 깨물고 죽는 장면이 가끔 나온다. 나는 밥을 먹다가 살짝만 혀를 깨물어도 아파서 난리를 치니까 도저히 그런 방법으로 죽지는 못할 것 같다.

"스스로 혀를 깨물어서 죽을 수는 없단다. 적어도 저렇게 금세 죽지는 않아. 혀는 근육이니까 그걸 깨물어 끊으면 경련 수축을 일으켜 기도가 막혀서 질식사하는 경우는 있다지만."

내 마음을 알아차렸는지 할아버지가 차분하게 말했다.

그런 옛날 일을 떠올리다 보니 자연히 걷고 있었다. 아니, 형태는 달리는 포즈를 취했지만, 속도는 도보와 같은 수준이었다.

선두 그룹이 추월해 간다. 적어도 방해는 하지 않으려고 가장자리로 피했다.

저 아이들은 힘들지 않을까?

훈련을 거듭하면 심장도 강해져 고통도 줄어든다지만.

전에 수학 시간에 선생님이 하신 말씀을 떠올렸다.

"성인과 악인이 태어날 확률은 같다고 합니다. 절세 미녀와 쳐다보기도 힘든 추녀가 태어날 확률, 큰 행운을 얻는 사람도, 큰 불행을 당하는 사람도 확률은 같아요. 가까운 사례를 들자면 열광적인 팬과 똑같은 숫자의 안티가 있죠. 즉 정正이 있으면 부負가 있듯 모든 현상에는 정반대가 존재하는 법입니다."

그런가?

그렇다면 내 정반대는 운동신경이 뛰어난 정도가 아니라 전 세계에서 절찬을 받는, 이 세상 사람 같지 않은 초인적인 운동 능력의 소유자이리라. 거의 신에 가까운.

반대로 말하면 나도 운동신경이 없기로는 거의 신에 가깝다는 뜻이 되지만.

그러는 사이에도 다른 아이들에게 자꾸 뒤처진다.

몇 바퀴나 뒤처졌는데 이대로 은근슬쩍 다른 아이들과 함께 골인할 수는 없을까? 그때 문득 남학생 하나가 내 쪽을 보고 있는 걸 깨달았다. 나카하라다. 남학생들은 학교 주변을 달리고 있었던 모양이다. 나카하라는 선두로 학교에 돌아온 듯했다. 멀어서 표정까지는 똑똑히 보이지 않았지만 실실 웃고 있는 것 같았다.

웃고 싶으면 웃으라지.

거북이에게는 거북이의 긍지가 있다. 이게 거북이의 최선
이다. 그 눈으로 똑똑히 봐라! 그렇게 허세를 부려봤자 현실
은 바뀌지 않는다. 애초에 치타와 거북이를 같은 시합에 내
보내지 말았어야지.

종이 울렸다. 됐다, 시간 초과다. 나에게도 그만해도 된다
고 말해주지 않을까? 그렇게 생각하고 있는데 "아카네는 앞
으로 두 바퀴 더"라는 선생님 목소리. 운 나쁘게 6교시라 방
과 후까지 조금 끌어다 써도 된다는 건가. 아아, 무정해라.

부모님이 모두 좋아하는 취미는 옛날 일본 영화나 드라마
를 보는 것이다.

휴일이면 둘이서 그런 DVD를 자주 본다. 그날도 일본
옛날 텔레비전 드라마를 보고 있었다. 그리고 일일이 배우가
나올 때마다 이런 말을 주고받는다.

"우아, 젊다! 이 사람 이거 아직 20대 아니야?"

"옛날엔 날씬했네."

그중에서도 자주 하는 말이 바로 이거다.

"이 사람 아직 살아 있어?"

"아니, 벌써 죽지 않았을까? 분명 3~4년 전에."

"아직 살아 있겠지. 죽었다는 뉴스는 못 봤는데. 하지만 나이는 꽤 들었을 거야."

"이런 옛날 드라마는 출연자 밑에 자막을 넣어주면 좋겠어, 몇 년부터 몇 년까지 향년 몇 세, 이렇게. 아니면 머리에 천사처럼 띠를 걸어주거나."

이쯤 되면 출연자의 생존을 확인하는 건지 드라마를 즐기는 건지 알 수가 없다.

하지만 그 배우에 대해 부모님이 "아니, 아직 살아 있어"라고 말하면 반사적으로 다행이라고 생각하고 만다. 마음이 놓인다.

"죽었어"라는 말을 들으면 몹시 안타까운 기분이 든다.

특별히 그 배우의 팬이 아니라도 이미 이 세상에 그 사람이 존재하지 않는다는 사실에 순간 가슴이 먹먹해진다.

그렇다면 나는 살아 있다는 걸 단순히 좋은 일이라고 생각한다는 뜻이겠지.

책을 읽을 때도 그렇다. 손에 든 책의 작가가 이미 이 세상에 없다는 걸 알면 무척 아쉽다. 상실감. 이런 마음은 어디서 비롯되는 걸까? 더 이상 그 사람이 쓴 새 작품을 읽을 수 없기 때문일까?

다음 토요일, 또 조금 달리기로 했다.

마라톤 대회는 2월 중순. 앞으로 3주 뒤다. 반 평균 기록을 겨루니까 그 기록을 조금이라도 단축하면 된다. 손가락질 당하지 않을 정도로.

꼭 상위권에 들어가려는 게 아니다. 최소한 걷지는 않는 게 목표다. 스스로도 낮은 목표 설정이라고는 생각하지만.

조금 달리니 또 바로 힘들어져서 멈추고 말았다. 이건 이미 어쩔 수가 없다.

"바로 멈추지 않는 게 좋아."

뒤에서 목소리가 들려 돌아보니 나카하라였다.

오늘은 코스를 바꾸었는지, 아니면 되돌아오는 길인지, 뒤에서 오다니 허를 찔린 기분이다.

"달리기 시작하면 호흡이 가빠져서 다리가 무거워지지만 그건 일시적으로 산소가 부족해서 그런 거야. 데드존이라고 하는데."

"데드존?"

그 말이 주는 울림에 철렁했다.

데드, 죽음.

"응, 순환기나 호흡기 심폐 기능이 장거리 달리기에 순응할 때까지 괴로운 상태가 이어져. 하지만 그걸 극복하면 몸이 가벼워지고 달리기도 편해지지. 이건 세컨드 윈드라고 하는데, 데드존에서 속도를 떨어뜨리면 힘든 상태가 계속돼. 그러니까 힘들어도 조금 참고 계속 달리는 게 나아."

알기 쉬운 설명이다.

"하지만 나는 데드존을 극복할 만한 체력이 없어."

그렇게 말해놓고 스스로 또다시 철렁했다.

극복할 만한 체력이 없다.

할아버지가 집에 돌아온다는 이야기를 들었을 때, 아버지가 했던 말이었다. 할아버지는 극복할 수 없을 테고 세컨드 윈드를 느낄 수도 없다.

지금, 훨씬 고통스러운 데드존 한복판에 있다.

"그렇다면 극복할 수 있을 만큼 기초 체력을 키우는 수밖에 없어. 심폐 기능을 단련하고 산소를 원활하게 흡수할 수 있도록, 매일 조금씩이라도 달리거나."

아마 나는 거기까지 가려면 고생깨나 해야 할 것이다.

"장거리 달리기는 달릴수록 몸이 익숙해져서 편하게 달릴 수 있게 돼."

"어, 거짓말. 편하게 달릴 수 있다니, 나는 절대 다다를 수 없는 세상이야."

"정말인지 아닌지 해보면 되잖아."

나카하라는 가볍게 웃더니 가버렸다.

봐, 저렇다니까.

운동신경이 좋은 사람은 쉬울지 모르지만, 내가 할 수 있을 것 같아? 그 뒷모습에 대고 그렇게 말하고 싶었다. 하지만 육상을 하는 나카하라의 말은 진실이리라.

데드존과 세컨드 윈드라.

밸런타인데이가 다가왔다.

학교에 초콜릿을 가져오는 건 기본적으로 금지되어 있지만 다들 그런 규칙은 무시한다. 친구들끼리 우정 초콜릿도 주고받고, 진심을 담은 초콜릿을 가져오는 아이도 있다.

작년에 나카하라는 동급생과 선배 여학생들에게 꽤 많이 받은 모양이다. 소문에 따르면 학년 최고.

나는 작년과 똑같다. 미오와 동아리 친구 몇 명한테 줄 만큼만 준비했다. 그런 생각을 하고 있는데 쉬는 시간에 미오가 물었다.

"얘, 올해 나카하라한테 초콜릿 줄 거야?"

"어? 나카하라한테 왜?"

"그야 너희 둘 왠지 분위기가 좋으니까."

"무슨 소리야, 전혀 그렇지 않아. 내가 초콜릿을 왜 줘?"

"흐응."

"미오, 너야말로 나카하라한테 주는 것 아니야?"

오늘은 어울려줄까. 그런 말을 듣고 싶은 걸지도 모르고.

"어머, 안 줘. 내가 주고 싶은 건 엄마야."

"엄마? 어버이날도 아닌데?"

미오는 대답하지 않고 손끝에 쥔 머리카락 끝을 바라보고 있었다.

"아, 물론 아카네, 너한테도 줄게."

미오가 씨익 웃는다.

그런가, 감사의 마음을 담아 가족에게 줄 수도 있구나.

그날 할아버지 방에 가니 주무시고 있던 할아버지가 눈을 희미하게 떴다.

"할아버지, 초콜릿 드실래요?"

"초콜릿? 어쩐 일이니?"

"조금 이르지만 곧 밸런타인데이라서요."

"그러냐. 밸런타인데이는 좋아하는 남자애한테 초콜릿을 주는 날이잖아? 할아버지가 받아도 되겠니? 줄 아이가 있는 건 아니고?"

"에이, 없어요."

순간 나카하라의 얼굴이 떠올랐지만 황급히 지워버렸다.

"그래? 하지만 아카네에게 초콜릿을 받고 싶은 아이는 있을 게야."

"아, 그런가?"

"아무렴, 이렇게 착한 아이니까."

할아버지가 마른 가지 같은 손을 뻗기에 꼭 붙잡았다. 그러고는 비쩍 마른 몸을 조심스레 일으켜드렸다.

"하지만 엄마가 할아버지한테 너무 단 걸 드리면 안 된다고 했어요. 양치질을 하기 힘드니까 충치가 생긴다고."

"이제 와서 무슨 충치 걱정이야. 쓸 일도 없을 텐데."

"그런 말씀 하지 마세요. 나으셔야죠."

"그렇게는 안 된다. 할아버지는 이제 곧 죽을 게야."

"싫어. 그런 말 하지 마세요."

"싫다고 해도 이것만큼은 어쩔 수가 없어. 사람은 다들 언젠가 죽는다. 혼자만 영원히 살고 싶다고 해도 불가능한 소리야."

할아버지는 옛날부터 바른 말을 하는 사람이었다.

모호한 말로 얼버무리지 않는다. 하지만 그게 사실일지라도 잠시나마 안일한 눈속임에 매달리고 싶을 때도 있다.

괜찮다, 영원히 살 거야. 거짓말이라도 그렇게 말해주었으면. 내가 안심하고 싶을 뿐, 현실에서 눈을 돌리고 싶을 뿐이라는 건 알지만.

"이미 여든여덟이야. 충분해. 좋은 인생이었어. 원하는 직업을 얻었고, 가족도 생겼고, 무엇보다 이렇게 착한 손녀도 있으니. 이제 여한이 없구나."

"그럼 내 결혼식 때까지 살아요. 아니, 하다못해 내가 고등학생이 될 때까지만."

"그러다가는 끝이 없어. 지금까지 산 것으로도 충분해. 할아버지의 아버지는 스물일곱 살 때 돌아가셨어. 전쟁터에서. 아버지가 전쟁터에 나갔을 때 이 할아버지는 어머니 배 속에 있어서 아버지는 아이 얼굴을 한번도 보지 못했단다. 거기에 비하면 할아버지는 아버지의 세 배는 넘게 살아 할아버지가 되었어. 아버지는 할아버지가 되지 못했으니까. 그 이상 무엇을 바라겠니?"

"하지만……."

할아버지는 정원으로 눈을 돌렸다.

"이제 곧 봄이구나. 할아버지는 봄이 제일 좋단다. 매년 봄이 돌아올 때마다 아아, 역시 봄이 좋구나 싶어. 매년 질리지 않고 그런 생각을 해. 그렇게 좋아하는 봄을 할아버지는 여든여덟 번이나 맞이할 수 있었어. 아버지는 겨우 스물일곱 번이야. 그것만으로도 충분히 좋은 인생이었다고 생각한

단다."

할아버지는 4월에 태어나셨다.

여든여덟 번째 봄은 바로 코앞에 다가와 있다. 괜찮을 거야, 분명. 봄은 할아버지가 좋아하는 계절, 태어난 계절이니 분명 신도 도와줄 거야.

밀크 초콜릿 상자를 열고 한 알을 집어 할아버지 입에 넣어드렸다.

"아아, 맛있구나."

감동한 목소리로 말씀하셨다.

밸런타인데이 당일, 나는 예정대로 미술부원과 미오에게 초콜릿을 주었다.

미오가 준 건 직접 만든 트뤼프 초콜릿이었다.

"굉장해. 왠지 가게에서 파는 것 같아."

"아니야. 생각보다 간단해."

"어머니도 기뻐하셨지?"

"음, 글쎄."

미오는 알쏭달쏭한 미소를 지었다.

그리고 정말 나카하라에게는 주지 않은 모양이다.

딱히 우리가 주지 않아도 나카하라는 쉬는 시간에 옆 반 아이들에게 불려 나가거나, 1학년 여학생이 찾아와서 그때마다 주위 남자아이들에게 놀림과 부러움이 섞인 목소리가 일었다.

방과 후, 교실에서 나가다가 때마침 후배 여학생에게 붉은 꾸러미를 받는 모습을 보고 말았다.

문득 이쪽을 돌아본 나카하라와 눈이 마주쳤다. 나카하라는 웃고 있었다.

바보 같아. 실실거리긴.

울컥한 마음 그대로 집으로 돌아왔다.

동아리가 없는 날이라 집에 돌아오니 오후 4시가 조금 넘었다. 한 달 전에는 이 시간이면 이미 해가 기울고 5시 전에 어두워졌다.

해가 길어졌다. 하늘이 아직 밝다. 바람에 뺨을 에는 날카로운 냉기가 없다.

조금 달릴까? 조금씩이라도 매일 달리는 게 낫다고 나카하라도 그랬으니까. 아니, 그런 말을 들어서 달리는 건 아니지만.

그러고 보니 달릴 때 초콜릿을 먹으면 좋다는 말을 들은 적이 있다. 남은 우정 초콜릿을 주머니에 넣고 달리기 시작했다.

역시 금세 힘들어진다.

왔구나, 데드존. 이걸 참고 극복해보자는 마음으로 처음으로 그대로 계속 달렸는데, 더 힘들어졌다.

이거 위험해. 셀프 스톱. 발을 멈췄다.

내 숨소리가 귀에 거슬릴 정도로 거칠다.

아니, 이게 가능해? 편해질 리 없다. 세컨드 윈드는 절대 경험할 수 없을 것이다. 결국 평소처럼 터덜터덜 걸었다. 오후 산책. 아니, 조금 가라앉으면 또 달리자.

그렇게 생각하면서 걷다 보니 강변까지 갔다.

강에서 불어오는 바람은 특히 차가워서 평소에는 피하지만, 오늘은 기분이 좋아 강변길로 가기로 했다.

벌써 오랫동안 색을 잃은 마른 풀밖에 없을 줄 알았는데, 보드라워 보이는 잡초들이 자라나고 있었다. 그 풍경 속에 선명한 핑크색이 있었다.

눈에 익은 색, 뒷모습. 다가가보니 역시 미오였다.

내가 있는지 알아차리지 못한 것 같았다. 무릎을 끌어안고, 반짝거리는 강물을 바라보고 있었다. 놀래주려고 살금살금 다가갔다.

"뭐 하고 있어!"

그만 숨을 훅 삼키고 말았다.

미오는 울고 있었다. 눈은 빨갛고, 뺨이 눈물에 젖었다.

"아, 하하하. 깜짝이야."

미오는 두 손바닥으로 눈가를 가리며 빙글빙글 문질러서 눈물을 닦았다.

"무슨 일이야?"

물어도 될지 잠시 망설였지만 다른 말이 나오지 않았다.

"응, 조금."

미오가 힘없이 웃었다.

반사적으로 떠오른 건 밸런타인데이였다.

누군가에게 초콜릿을 줬다가 거절당하기라도 한 걸까?

"집에서 조금."

"집에서? 뭔데? 부모님하고 싸우기라도 했어?"

나도 미오도 외동딸이라 형제자매랑 싸울 일이 없다.

"으음, 싸움이면 차라리 나은데."

미오가 또 한참 강물을 바라보았다.

"아, 이왕 이렇게 됐으니 털어놓을래."

손을 머리 뒤로 깍지 끼더니 그대로 뒤로 벌렁 눕는다.

나도 흉내 내 마른 풀 위에 드러누웠다.

하늘의 색이 눈에 확 들어왔다.

한겨울의 쨍한 파란색이 아니라 그보다 조금 부드러운, 봄의 시작을 알리는 하늘의 파란색이었다.

"나, 엄마한테 사랑받지 못하고 있어. 사랑이라고 하면 무거워지는데, 아무튼 그래. 솔직히 말해서 미움받고 있어."

"어, 설마, 그럴 리가. 부모 자식이잖아."

"정말이야. 부모 자식이니까 알아."

"어째서 그런 일이."

예상하지 못한 대답에 당황했다.

"달랐나 봐. 엄마가 바라는 딸은 나 같은 애가 아니었나 봐."

"그게 뭐야."

"어릴 때부터 내 머리카락을 빗어줄 때마다 '왜 이 애 머리카락은 이렇게 불그스름하고 곱슬거릴까. 검고 곧은 머리카락이면 좋을 텐데'라고 하고, 갑자기 내 코를 붙잡고 확 잡아당기기도 하고. 아프다고 하면 '코가 조금만 더 높았으면 어떨까 싶어서' 그랬다는 거야. 그거 말고도 뭘 입혀도 어울리지 않으니 옷을 살 보람이 없다고 한탄하고, 텔레비전을 보다가 예쁜 여배우가 나오면 '저런 얼굴로 태어나고 싶지 않았니? 그렇지?'라고 말하고, 거리에서 귀여운 아이하고 마주치면 '저런 아이 엄마는 좋겠다'고 그래."

"그럴 수가."

너무하다고 말하려다 입을 다물었다.

"그런 말은 하지 말라고 말해봤어?"

"그렇게 말한 적도 있어. 그랬더니 엄마가 '부모니까 말해주는 거잖아. 남은 말 안 해줘. 가족이니 그러는 거 아니니, 미오 너를 위해 사실을 말해주는 거야'라더라."

미오의 어머니 얼굴을 떠올렸다.

"하지만 너는 어머니랑 닮았잖아."

누가 봐도 부모 자식인 줄 알 만큼 두 사람은 닮았다.

"그래서 더 그런가 봐. 용서할 수가 없나 봐."

"용서할 수가 없다니?"

"우리 엄마는 뱁새인데 황새를 낳고 싶었던 거지. 무척 예쁜 황새를. 그래서 나는 성형을 하고 싶은 거야. 전부 바꿔서, 황새가 되고 싶은 거야."

아마도 미오네 어머니는 자기 자신을 싫어하는 것이리라.

용모에 강한 콤플렉스를 가지고 있다. 그래서 자기를 쏙 빼닮은 미오도 좋아할 수가 없는 것이다.

하지만 그런 말을 할 수는 없었다.

"우리 집, 부모님 사이가 나빠. 늘 말다툼만 해. 사소한 일부터 큰일까지. 그래서 아빠가 안 계실 때 엄마는 항상 아빠 욕만 해. 아니, 그건 욕을 넘어서 완전 저주야. 저주를 계속 퍼부어대."

"어쩌다 그렇게 됐어?"

"글쎄, 내가 철들었을 때부터 항상 그런 분위기였으니까. 궁합이 안 맞는 거야. 엄마는 아빠가 있으면 내내 짜증을 내고. 그래서 엄마의 결론은 항상 '내가 미인이었다면 저런 사람하고 결혼하지 않았을 텐데'로 끝나. 결국 그런 거지."

"하지만 그건 미오, 네 탓이 아니잖아."

"그렇지. 하지만 가족은 논리로 따질 수 없잖아. 집은 가식 없는 감정이 쌓인 곳이니까. 오늘도 밸런타인데이 초콜릿을 직접 만들어서 엄마한테 줬더니 '너는 초콜릿 너무 많이 먹지 마. 여드름이 나서 피부까지 지저분해지면 꼴도 보기 싫으니까'라는 거야. 그러면서 '부모니까 하는 말이야. 남은 이런 말 안 해줘. 남들은 뒤에서 비웃을 뿐이야'라고 하시더라."

"그건 아니지 않아? 가족이라고 무슨 말을 해도 되고, 얼마든지 상처 입혀도 된다는 법은 없어."

"우리 엄마는 그게 된다고 생각해. 나를 위해서 하는 말이래."

미오의 이야기를 듣는 사이 점점 가슴이 아파왔다.

"아까 사회 수업 견학으로 향토자료관에 갔을 때 찍은 사진, 학교에서 받았잖아. 그걸 엄마한테 보여줬어. 그룹별로 찍은 사진 말이야. 나, 우메자와하고 같은 조였잖아?"

우메자와는 정통파 미소녀로 도쿄의 연예 기획사에서 스카우트 제의를 받았다느니, 모의고사를 치러 갔는데, 거기서 처음 만난 다른 학교 남학생에게 고백을 받았다느니 하는 소문이 있는 아이였다.

"엄마가 우메자와를 보더니 '예쁜 아이네. 어른이 되면 굉장한 미인이 되겠구나'라는 거야. '엄마, 이런 아이를 원했어?'라고 물었더니 '그야'라고 말하다가 깜짝 놀라며 입을 다물었어.

나 말이야, 학교에서 우메자와를 보거나 텔레비전에서 아이돌을 보면 내가 만약 저런 아이였다면 엄마도 기뻐했겠지, 그런 생각만 해. 스스로도 바보 같다는 생각은 하지만 멈출 수가 없어.

하지만 이따금 굉장히 슬퍼서, 슬픈 마음이 가득 차면 여기에 와."

미오는 천천히 윗몸을 일으키더니 다시 무릎을 끌어안고 강을 바라보았다. 나도 따라 일어났다.

"물에 떠내려 보낸다는 말이 있잖아. 슬픈 마음하고 눈물은 여기서 물에 떠내려 보내는 거야. 강이 슬픔도 눈물도 바다까지 데려가줄 거야."

강물이 햇빛을 받아 반짝거렸다.

"그러니까 나는 성형해서 예뻐지고 싶어. 지금의 나와는 완전히 다른, 딴 사람처럼 보일 정도로 미인이 되고 싶어."

"응."

그러면 미오와 어머니의 관계가 좋아질까?

미오의 어머니는 기뻐할까?

이해할 수 없는 부분이 있지만 어디가 이상하다거나 잘못 됐다고 말할 수도 없다. 아마 그것이 지금 미오가 내릴 수 있는 최선의 답이자 희망이리라.

어른이 보면 시시하고 가치 없는 고민이라고 생각할지 모른다.

하지만 지금 우리를 고민하게 만들고, 사고의 대부분을 차지하는 문제는 전부 그런 일들이다.

그런 문제들은 언젠가 과거를 되돌아볼 때, 그 시절에는 시시한 일로 고민했다고 생각하겠지. 그걸 알지만 지금은 어쩔 수가 없다. 작은 고민에 사로잡혀, 어떻게 해도 해결되지 않는 문제에 흉하게 발버둥 친다.

나도 지금은 마라톤 대회를 어떻게 극복할지, 그 고민으로 머릿속이 가득하다. 그리고 할아버지 문제.

둘 다 고민해도 소용없는 일일지 모르는데.

전에 텔레비전에서 쓰레기를 주우며 사는 아이를 다룬 다큐멘터리를 본 적이 있다. 도저히 집이라 부를 수 없는, 길거리 생활과 다름없는 열악한 환경이었다. 더없이 불결하고 악취가 풍기는 쓰레기 더미에서 쓸 만한 물건을 주워 와 그걸로 생계를 꾸리는 소녀의 이야기.

만약 그 아이와 내 생활이 하루만 바뀐다면 내 삶은 천국이라고 생각할 것이다.

우리가 지금 고민하는 문제는 정말로 작은 것이라, 비극이라고 부를 수 있는 일은 절대 아니다.

하지만 어쩔 수 없다. 지금은. 그 어쩔 수 없는 일에 몸부림칠 뿐이다.

날도 슬슬 저물어서 미오를 집까지 바래다주고 돌아오는 길에 나카하라네 집 앞을 지났다. 장미 아치가 있는 정원에 서양식 집. 1층에 불이 켜져 있다. 나카하라의 방은 2층일까?

"어? 아카네?"

뒤를 돌아보니 나카하라였다.

동아리를 마치고 지금 돌아온 모양이다.

"어, 아, 아니, 그게, 저기."

얼굴 앞에서 손을 세차게 저어봤지만 이래서야 완전히 수상한 사람이다.

"혹시 직접 주러 온 거야?"

"어?"

"밸런타인 초콜릿."

"뭐? 설마. 밸런타인? 그게 뭐야? 2월 14일은 야마모토 슈고로의 기일일 뿐이야. 전나무나 씹어 먹어!"

"그거, 중학생한테 통하겠어? 나는 알지만. 슈고로, 실은 좋아하는 작가거든. 친구가 권해줘서 읽은 게 계기였는데. 《전나무는 남았다》가 굉장히 좋았어."

의외다. 사실 나야말로 안 읽어봤다.

야마모토 슈고로의 기일은 할아버지에게 들은 이야기로, 전나무도 할아버지 책장에 있는 전집 책등 표지를 보았을 뿐이다.

"그만큼 받았으면 됐잖아."

나카하라가 들고 있는, 밸런타인 초콜릿이 들었을 빨간 종이봉투를 가리켰다. 핑크색 리본 끝자락이 살짝 보였다.

"초콜릿은 소화 흡수가 잘돼서 바로 에너지원이 되니까 달릴 때 좋아. 마라톤 대회 보급소에 초콜릿이 놓여 있기도 하고."

나카하라가 웃으며 종이봉투를 들어 올렸다.

"그 얘기는 들은 적 있어. 그래서 나도 오늘 주머니에 초콜릿 넣어 왔어."

"초콜릿으로 에너지를 보급할 정도로 달리지도 않았잖아."

"달리고 있어! 전보다는."

"그거 다행이네."

"돌아왔어?"

조금 깊숙한 곳에 있는 대문이 열리더니 사람 그림자가 보였다.

"아, 응, 다녀왔어. 형."

"형이 있구나."

"응, 뭐."

"그럼 이거 형하고 둘이서 먹어. 우정 초콜릿. 남은 거라."

주머니에서 낱개 포장한 초콜릿을 꺼냈다.

"체온 때문에 녹았을지도 모르지만."

"그러니까 그렇게 달리지도 않았잖아. 하지만 고마워. 형 몫까지."

나카하라는 받아 든 초콜릿을 얼굴 높이로 들어 올리더니 살짝 흔들었다.

나는 대문 앞 실루엣을 향해 일단 가볍게 목례를 했고, 상대도 고개를 숙였다.

다음 날, 학교에 가니 미오가 바로 달려왔다.

"어제는 미안, 아니, 고마워. 일부러 집까지 바래다줘서. 돌아갈 때 괜찮았어? 안 늦었어?"

"아아, 전혀. 가다가 나카하라를 만났어. 걔네 집 앞에서. 초콜릿 잔뜩 받아서 신났더라."

초콜릿을 줬다는 말은 하지 말아야지. 어차피 돌리고 남은 우정 초콜릿이었고. 미오가 웃었다.

"나카하라 형이 있더라."

"어?"

미오의 놀란 얼굴을 보고 나도 덩달아 놀랐다.

"아니, 어제 살짝 봤어."

"그래? 나카하라네 형이라. 꽤 소중한 경험일지도 몰라. 같은 동네에 살지만 나는 몇 년째 못 봤으니까."

"무슨 뜻이야?"

"그래, 아카네가 이사 오기 전 일이니까 나카하라네 형 이야기는 모르려나."

"뭔데? 무슨 얘긴데?"

미오는 주위를 살피듯 시선을 던지더니 얼굴을 바짝 들이

대고 목소리를 낮추었다.

"걔네 형, 나이 차가 꽤 있어. 열 살 정도 차이 나려나? 나카하라처럼 운동신경이 뛰어나서 육상 선수였어. 그래서 세계 육상 대회에 나갔지. 당시엔 아직 고등학생이었는데, 최연소로. 이렇게 작은 마을이니 그런 사람이 나온 게 처음이라 마을 전체가 축제 분위기였지. 마을 체육관에서 성대한 행사를 열었고, 기부금도 모았고, 지역 신문하고 방송국에서도 특집 방송을 했어. 그때 아카네는 아직 이 동네에 살기 전이었지만 지역은 같았는데, 기억 안 나?"

고개를 갸웃거리며 먼 기억을 일깨워보려 했지만 어쨌거나 어렸고, 스포츠 관련 뉴스에 전혀 관심이 없어서 기억이 없다.

근데 그렇게 굉장한 사람이 나카하라네 형이었구나.

"하지만 결과는 기대했던 주 종목 100미터에서 예선 탈락했고, 한번 더 출전한 릴레이는 시합 중 다른 선수 진로를 방해해서 실격. 예선 탈락은 그렇다 쳐도 실격이라는 게 좀, 물론 일부러 그런 건 아니지만 말 많은 사람들이 있었거든. 기대가 컸던 만큼. 대회 당일에도 체육관에 대형 스크린을 설치해서 면장님을 비롯해 각 분야에서 높은 분들도 찾아왔고, 마을 사람들도 모여서 텔레비전 앞에서 응원했어. 지역

언론도 취재하러 왔고. 하지만 결과가 그랬으니. 나도 부모님을 따라갔는데, 끝난 다음에 모두 똑같이 고개를 푹 숙이고 눈을 마주치려 하지 않았어. 많은 사람들이 일제히 한숨을 쉬면 공기가 정말 무거워져. 그래서 절대 나카하라네 집에서 먼저 요청한 게 아니었는데도 기부 문제로 이러쿵저러쿵 말을 하는 사람이 나온 거야, 나중에.

'기대를 저버렸다', '응원했는데', 개중에는 '무슨 낯짝으로 돌아왔느냐'고 하는 사람까지 있었던 모양이야. 자기 울분을 풀려고 힘들어하는 사람을 이때다 하고 가혹하게 비난하는 사람도 있으니까.

나카하라네 형은 몰래 도망치듯 귀국했는데 남들 눈이 무서웠던 건지, 그 뒤로 집에서 나오지 못하게 되었어. 정신적으로도 힘들고 건강도 나빠져서 고등학교도 못 가게 되었대. 그랬더니 이번에는 "그런 시련도 극복하지 못할 정도로 정신력이 약하니 본무대에서 힘을 내지 못한 거다"라고 말하는 사람까지 있어서 점점 막다른 곳으로 몰린 거지. 어느 날 밤 나카하라네 집에 구급차하고 소방차가 와서 시끄러웠다는데, 형이 약을 먹었던 것 같아."

"그건."

"진상은 모르지만, 소문이 그래. 생명에는 지장이 없어서 한동안 입원했다가 퇴원했는데, 집에 돌아온 후로도 밖에는 거의 나오지 않는 모양이니 이웃 사람들도 볼 기회가 없을 거야."

그랬구나. 그런 일이 있었구나.

예비종이 울리자 미오는 자기 자리로 돌아갔다.

창가 자리로 시선을 돌리니 평소와 다름없는 나카하라의 옆얼굴이 있었다.

오늘도 체육 수업이 있었는데, 기분 탓인지 전보다 조금 더 달리기 편해진 것 같았다. 아직 세컨드 윈드를 느낄 정도는 아니지만.

남학생 쪽을 보니 나카하라는 가볍게 달리는 것 같은데도 압도적인 선두였다.

역시 유전, 핏줄도 있겠지, 형도 빨랐다고 하니.

형과 마찬가지로 발이 빠르다. 그 사실을 나카하라는 어떻게 생각할까? 육상을 시작한 건 형의 영향일까? 아니면 설욕하려고?

매일 아침 등교하면 앞으로 보낼 여섯 시간이 길게 느껴지는데, 하루하루는 눈 깜짝할 사이에 지나간다.

저녁노을을 보면 서점이 매일 하나씩 사라진다는 뉴스가 떠오른다. 어제와 변함없는, 아무 일 없는 하루 같은데 내가 모르는 곳에서는 그런 일이 일어나고 있다. 그것은 내가 어찌할 수도 없는 일이라 이런 곳에서 애태우고 안달해도 소용이 없다. 어떻게 해도 안 되는 일인데 그런 생각을 하면 방 안을 뱅글뱅글 맴돌고 싶은 충동에 사로잡힌다.

할아버지 방에 가는 것은 그런 상황과 비슷했다.

나로서는 어쩔 수 없는 일인데 어떻게든 해야 한다는 마음만 있다. 구체적으로 어쩌면 좋을지도 모르는데.

할아버지는 주무시고 있었다.

눈을 감고 계시면 순간 가슴이 철렁한다. 가까이 가서 숨을 확인한다.

눈꺼풀이 천천히 열렸다. 잠이 얕은지 금방 깨곤 한다.

"미안, 깨웠어요?"

"아니, 잠깐 졸았구나. 하지만 꿈을 꿨어. 오랜만에 그 꿈을 꿨다."

"무슨 꿈이요?"

"개가 나왔어."

"개? 우리 집에서 개를 키운 적이 있어요?"

"아니, 키우던 개가 아니라 들개였단다."

"들개?"

"그래, 할아버지가 아직 젊었을 때였지. 30대였을까. 당시 중학교 1학년을 맡고 있었는데, 오랫동안 학교에 나오지 않는 아이가 있어서 가정방문을 갔어. 자주 가보지 않은 동네였는데, 그 학생네 집은 복숭아밭 한복판에 있었지. 그 집에 가는 길에 어디서 개가 우는 소리가 들리더구나. 그냥 짖는 게 아니라 훨씬 비통하고 고통스러운 울음소리였어. 소리 나는 쪽을 보니 발목 덫에 앞발이 낀 검은 들개가 있더구나."

"발목 덫이요?"

"그래, 지금은 거의 금지되었지만 당시에는 쓸 수 있었어. 하지만 복숭아밭에 설치한 건 짐승을 잡으려는 게 아니야. 복숭아 수확 철이 되면 출몰하는 복숭아 도둑을 잡으려고 그랬던 모양이야. 복숭아는 고급품이니까. 비싼 값에 팔 수 있잖니. 매년 피해를 입어서 농가에서는 참을 수가 없었겠지. 1년간 고생해 겨우 수확하려는 때 몰래 훔쳐 가다니. 생각해보면 가지에 현금을 걸어두는 셈이니까. 밤에 몇 명이 와서 적당히 잘 익은 놈을 싹 쓸어 가는 거야. 실제로 피해를 입은 농가 사람은 아침에 나가보니 거의 전부 도둑맞아서 깜짝 놀랐다지. 거기 밭 주인은 그 대책으로 발목 덫을 썼을 게야. 그 증거로 밭 입구나 길가 나뭇가지에 '덫 주의', '덫이 설치되어 있습니다'라고 적힌 종이가 붙어 있거나 걸려 있었어. 도둑에 대한 경고나 협박이었겠지만, 짐승은 글을 못

읽으니 덫에 걸린 거겠지. 어찌나 깽깽거리며 울던지. 발목 덫에 낀 발에서는 검붉은 피가 배어 나왔어."

"불쌍해. 덫을 풀어줄 수는 없어요?"

"할아버지도 그렇게 생각해서 가까이 가봤는데, 그 덫은 자물쇠가 달린 거라 열쇠가 없으면 풀 수가 없더구나. 덫의 톱니가 발에 깊이 박혀 있었어. 많이 아팠겠지. 몸부림칠수록 날카로운 톱니가 살에 박혀. 하지만 열쇠가 없으면 어쩔 도리가 없지. 개가 간절한 눈으로 바라봤지만, 이 할아버지는 미안하구나, 미안하구나 하고 사과하며 그 자리를 뜰 수밖에 없었단다. 애처로운 울음소리가 작아지는 걸 들으면서. 하지만 분명 오늘 안에 밭 주인이 와서 덫을 벗겨줄 거라고 생각했어. 짐승을 잡기 위한 게 아니니까. 그러길 바라면서 서둘러 학생네 집으로 갔지. 학생을 만나보니 왕따 같은 게 아니라 건강이 안 좋았다더구나. 그 학생하고 직접 이야기도 나눴고, 다음 주에는 등교하겠다고 해서 그 일은 그걸로 마무리되었어. 돌아오는 길에 그 아이 부모님이 역까지 차로 바래다주겠다기에 개가 마음에 걸렸지만, 신세를 졌지.

그리고 닷새 후에 그 아이가 써야 할 서류가 있어 또 그 집을 찾아갔단다. 학교에 다시 등교하면 받아도 됐지만, 사실 그 개가 마음에 걸렸거든. 그 밭에 다가가보니 개의 모습이 보이지 않기에 다행이다, 그 후에 역시 이곳 밭 주인이 와서 덫에서 풀어주었구나, 하고 안심했는데 수풀 속에 뭔가 검은 게 보였어. 가까이 가서 보니 거기에는 닷새 전에 보았던 것과 똑같은 덫이 있었단다. 꽉 맞물린 톱니 사이에 개의 발만 끼여 있었어."

"네? 그게 무슨."

"발이 괴사한 거겠지. 그래서 그 들개는 썩어서 떨어져나간 발을 두고 어디론가 떠난 게야. 실제로는 보지 않았는데도 발을 잃고 절뚝거리며 걸어가는 개의 모습이 머릿속에 뚜렷이 떠올랐단다."

할아버지는 거기서 숨을 골랐다.

"그리고 또 얼마 지나서 회의 때문에 외곽에 있는 학교에 가게 되었는데, 평소 다니지 않는 노선의 전철을 탔어. 산간을 요리조리 지나는 열차였지. 차창으로 평소와는 다른 경치를 바라보며 활짝 핀 산나리를 구경했단다. 그런데 선로 옆 수풀 속에 검은 개가 보였어. 달리는 전철하고 같은 눈높이에 있는 둑에, 그 개가 있었단다. 세 다리로 우뚝 서서 이쪽을 보고 있었어. 그 개야. 틀림없어. 그렇게 생각한 순간 눈이 마주친 것 같았다. 들판을 밟고 힘차게 선 그 모습은 당당하고 늠름해서 신성할 정도였어. 몇 초 사이에 벌어진 일이었지만 아아, 다행이다, 하는 단순한 마음이 아니라, 훨씬 더 마음 깊은 곳에서 감동이 밀려왔단다. 살아 있구나, 생명체는 죽는 순간까지는 살아 있는 거구나. 당연한 일이지만 그런 거야. 그 모습은 뇌리에 굳게 남아서 절대 잊히지 않았단다. 그 후로 몇 년에 한 번꼴로 아주 가끔이지만 그 개가 꿈에 나타났어. 요즘은 벌써 10년 넘게 꾸지 않았으니 정말 오랜만이었단다."

할아버지는 마른입을 축이듯 조금 오물거렸다.

"어떤 모습이 되든 생명의 모래시계에서 마지막 모래 한 알이 떨어지는 순간까지는 살아 있는 거란다. 할아버지도 이런 몸이 되어서 여기저기 삐걱거리지만, 반은 죽은 거나 다름없을지 모르지만, 아직 살아 있어. 여러 가지를 점점 포기하면서 각오도 굳혔지만 살아 있기를 포기하지는 않을 게다, 끝까지."

나도 조용히 끄덕였다.

"그러니까 앞으로도 오래오래 사셔야 해요."

할아버지가 잠시 숨을 돌리듯 미소를 지었다.

"그럴 수도 없어. 노인이 죽는 건 당연한 일이야. 자연의 섭리라는 거지. 하지만 살아 있다는 건 당연한 일이 아니란다. 잊기 쉽지만 오늘, 지금 살아 있다는 건 당연한 일이 아니야, 누구에게나. 내 아버지는 할아버지가 되지 못했어. 이 할아버지는 살아서 나이를 먹고 할아버지가 될 수 있었어. 그 결과, 나이를 먹어 죽어가는 게지. 이건 행복한 일이야. 할아버지가 떠나도 그리 슬퍼할 필요 없다. 잊어도 돼. 잊고 사는 게 나아. 죽은 사람은 변변하지 않을 때나 떠올리는 법이거든. 곤란할 때나 우울할 때처럼."

"그렇지 않아요. 난 떠올릴 거예요. 할아버지가 좋아하는 봄이 올 때마다, 할아버지가 좋아했던 꽃이 필 때마다, 할아버지가 좋아했던 팥떡을 볼 때마다 분명 떠올릴 거야."

"그건 다행이구나. 그걸로 충분하단다."

할아버지가 손가락을 희미하게 떨면서 가녀린 팔을 뻗어 내 손을 쥐었다. 뼈의 감촉이 손에 느껴졌다.

눈물이 나려는 것을 겨우 참았다.

때때로 작은 내기를 한다.

아마 누구나 한 번쯤 해보았을 것이다. 가령 휴지를 던져 쓰레기통에 들어가면 이번 시험에서 80점 이상 받는다거나, 상금을 받는다거나. 아무런 근거도 효력도 없지만.

시시하고 아무 의미 없는 줄 알면서도 자꾸 하게 된다. 어쩌면 의미가 없어서 좋은 건지도 모른다.

언제였더라, 어머니는 어른이 되어도 여전히 그런다고 했다. 맞으면 러키, 빗나가도 개의치 않는다. 좋을 때만 잠시 마음이 가벼워진다. 가벼운 장난.

하지만 이번엔 다르다. 진지하게 생각하고, 기도한다.

만약 이번 마라톤 대회에서 한 번도 걷지 않고 끝까지 달릴 수 있으면, 할아버지는 앞으로 2년은 더 사실 수 있다, 확실하게.

처음에는 5년으로 할까 했지만, 그러면 교환 조건으로 내가 상위에 들어야 할 것 같고, 역시 그건 무모하니까 2년 정도로 했다. 근거는 없는 줄 알지만, 간절하게 기도하면 혹시 하늘에 통할 수도 있지 않을까?

가장 힘들어하는 일을 극복한 사람에게 상으로, 하느님이 소원을 들어주지 않을까?

옛날이야기에서는 언제나 역경과 맞바꾸어 소원을 성취한다.

그렇다, 데드존을 빠져나가는 것이다.

그러면 할아버지도 괴로운 상황에서 벗어날 수 있을지 모른다. 기분 좋은 바람을 느낄 수 있을지 모른다.

그러기 위해서는 오로지 단련하는 방법밖에 없다.

설마 내가 운동에 이 정도로 긍정적인 마음으로 의욕을

불태울 날이 올 줄이야. 스스로도 놀랐다.

다음 날 쉬는 시간, 나카하라에게 말했다.

"저기, 나 이번 마라톤 대회, 꼭 열심히 해야 하거든. 그래서 달리는 자세 같은 것 좀 가르쳐주면 좋겠는데."

나카하라가 눈을 크게 떴다.

"가르쳐줄 수는 있는데……. 반 대항 기록 집계가 걱정되어서 그래?"

"아니, 그게 아니라, 아니, 그것도 있는데 어쨌거나 조금은 제대로 뛰고 싶어."

나카하라는 진지한 태도에 눌렸는지 "응, 응, 알았어" 하고 승낙했다. 일단 토요일 오후, 달릴 시간을 정했다.

토요일 오후는 파란 하늘이 눈에 아릴 정도로 맑았다.

나카하라는 약속한 3시 정각에 왔다. 장소는 내가 처음 달린 날 마주쳤던 곳.

"여."

"미안, 동아리 끝나고 바로."

"아니야, 늘 달리는걸."

달리기를 정말 좋아하는구나.

하지만 그 달리기가 형을 고통스럽게 했는데.

형은 이제는 전혀 달리지 않는 걸까? 그렇다고 해도 보통 사람보다 훨씬 빠를 테지만. 아마 걸어도 내가 달리는 것보다 빠를지 모른다.

"운동신경을 개선하는 건 쉬운 일이 아니지만 불가능한 건 아니야."

"어떻게 하면 돼?"

"운동신경은 뇌에서 근육으로 움직이라는 명령을 내릴 때 통하는 신경인데, 운동신경이 좋은 사람은 뇌가 떠올린 대로 바른 자세로 몸을 움직일 수 있는 사람이야."

그렇구나.

그렇다면 나는 그 뇌의 전달이 게으름을 피우는 거구나.

"바른 자세를 익히려면 몇 번이고 반복해서 머리와 몸으로 기억해야 해. 스포츠가 특기인 사람은 몸을 움직이는 요령이나 방법, 감각을 아는 거야."

끄덕거리기는 했지만, 이쪽과 저쪽에 큰 장벽이 있는 듯한 느낌이다. 도저히 저쪽 사람이 될 수 없을 것 같다.

"그건 어려울 것 같아."

"아니, 운동신경이 최악인 사람도 시간을 들이면 반드시 바른 자세를 익힐 수 있어."

운동신경이 최악인 사람.

태연하게 말하는데, 여기서는 조금 더 따지는 게 나을까?

"말은 그렇지만 달리기는 구기 종목만큼 운동신경에 연연할 필요는 없어. 하지만 달리기는 모든 운동의 기본이니까. 근력이 붙으면 운동 능력 향상으로도 이어져. 운동에 알맞은 몸을 만들 수 있어. 달리면 속 근육도 단련할 수 있고 유연성도 생기니까 근육의 탄력성을 유용하게 활용해서 몸이 가벼워져."

그런 말을 들으니 뭔가 할 수 있을 것 같았다.

"일단은 워밍업부터 해. 갑자기 격렬한 운동을 하면 심장이나 폐 같은 순환기나 호흡기가 적응을 못해."

나카하라가 스트레칭을 시작하기에 따라 했다. 그게 끝나자 달리기 시작해서 뒤를 따랐다.

"달리기는 어릴 때부터 다들 하니까 아무나 할 수 있다고들 생각해. 뭐, 실제로 그렇지만 올바른 달리기 자세는 따로 있어. 약간의 자세 차이로 몸에 대한 부담이 줄어들거나 부상 위험을 줄일 수 있지. 자세가 나쁘면 괜히 더 지치기도 하고."

나카하라가 달리면서 말했다.

내게 맞춰서 무척 천천히 달리고 있었다.

"등을 좀 더 펴. 등이 굽었잖아. 그러면 허리나 무릎에 부담이 많이 가. 어깨 힘도 빼고. 턱은 바짝 당기고 시선은 정면으로."

나카하라가 세세하게 지시했다. 지금까지 그런 건 의식한 적이 없었다.

그렇지만 바로 힘들어졌다. 평소 같으면 여기서 걸음을 멈추겠지만, 오늘은 그러지 않았다. 설령 걷는 것과 별 차이 없는 속도라도 바르게 달리는 자세를 의식하면서 걸음은 멈추지 않았다.

"그래, 그거야, 좋아, 그렇게."

몸을 움직여서 칭찬받는 건 처음 아닐까?

호흡도 의식하니 리듬을 맞출 수 있게 된 것 같다(여전히 느리지만). 게다가 혼자였다면 바로 편한 쪽으로 흘러가 스스로에게 너그러워지기 십상인데, 누군가 다른 사람의 눈이 있으니 힘내보자는 생각이 든다.

"오늘은 여기까지 할까?"

나카하라가 그렇게 말할 때까지 계속 달릴 수 있었다.

다음 날인 일요일도 시간을 정해 둘이서 달렸다.

어제보다 조금이나마 더 잘 달릴 수 있게 된 기분이다. 이대로 가면 꽤 괜찮지 않을까?

평일에도 혼자지만 달리기로 했다.

이상하게도 달리니까 기분이 좋았다. 해야 할 일을 한 듯한, 후련한 기분이다.

그날, 학교에서 돌아와 내일 시간표를 보고 서예 수업이 있다는 것을 깨달았다.

서예 도구를 꺼내보니 먹물이 다 떨어졌다.

달리기도 할 겸 먹물을 사러 가기로 했다. 마을 중심부에 있는 단 하나뿐인 슈퍼. 내 속도로 달려서 가게에 도착해 안으로 들어가자 저녁 무렵이라 역시 붐볐다. 문구 코너를 찾았다.

가는 길에 낯익은 교복 뒷모습이 있었다.

깜짝 놀란 순간에 그 뒷모습도 내 쪽을 돌아보았다.

"나카하라."

상대도 조금 놀란 눈치였다. 그 옆에는 덩치가 비슷한 남자가 서 있었다. 아, 이 사람.

"뭐야? 쇼핑?"

나카하라가 물었다.

"아, 응, 내일 서예 수업 때 쓸 먹물이 없어서."

"맞아, 나도 그런데. 조금밖에 안 남은 것 같아. 고마워. 아카네 덕분에 생각났어."

구김살 없이 웃는 나카하라 옆에서 어색하게 미소 짓고

있는 남자는 나카하라와 많이 닮았다.

"아, 여긴 우리 형. 이쪽은 같은 반 아카네. 왜, 저번에 초콜릿을 줬던."

형이 아아, 하는 표정을 지었다. 둘이서 고개를 숙여 인사했다.

"나카하라, 오늘 동아리는?"

"쉬었어. 조금 볼일이 있어서. 아, 먹물은 이쪽인가?"

나카하라가 바로 옆으로 다가왔다.

형에게 등을 돌리고 나와 나란히 먹물 선반에 손을 뻗으며 작은 목소리로 조용히 말했다.

"형을 병원에 데려가느라."

옆얼굴이 조금 딱딱해 보였다.

"이거면 되겠다."

나카하라는 먹물 하나를 손에 들더니 형이 들고 있던 바구니에 넣었다. 그 밖에도 우유나 과자가 들어 있었다.

"아, 그래. 식빵도 사 오랬는데. 잠깐 여기서 기다려줄래? 곧 올게."

나카하라는 형에게 그렇게 말하더니 빵 코너로 가버렸다.

나카하라의 형과 함께 남았다. 무슨 말을 해야 할지 망설이고 있는데, 의외로 상대가 먼저 입을 열었다.

"저, 저기, 저번에 초콜릿, 고마웠어."

"어, 아, 아뇨, 천만에요, 별것도 아닌데."

"마, 맛있었어."

"아뇨, 그런."

"아니, 정말 맛있었어."

괜히 미안했다. 이미 늦었지만 좀 더 제대로 된 초콜릿을 줄 걸 그랬다.

"듣자 하니, 그, 넌 운동을 굉장히 못한다고."

나카하라, 그런 얘기도 했구나.

"네. 나카하라가 심하게 말하죠?"

"천만에, 즐거운 얘기야. 요새는 네 얘기만 해."

그때 나카하라가 돌아왔다.

"늘 먹는 사각형 빵이 없던데, 위가 둥그런 식빵이라도 괜찮아?"

형이 끄덕이자 나카하라는 "그럼 또 보자" 하고 가버렸다. 둘이서 나란히 걸어가니 키도 비슷해서 앞에서 보는 것보다 뒷모습이 더 닮았다.

달려서 돌아오는 길에도 두 사람이 마음에 걸렸다.

나카하라네 형도 육상 선수였지.

그것도 상당히 유망하고 세계 수준 대회에도 나간 적이

있다.

미오의 말에 따르면 거의 집에만 틀어박혀 있다던데, 오늘은 특별한 날일까? 병원에 다녀왔다고 했지. 어디가 아픈 걸까?

그 주 수요일은 선생님들 연수 때문에 오전 수업만 했다.

당연히 동아리도 평소보다 일찍 끝났다. 나카하라하고 또 함께 달리기로 했다.

"처음보다 훨씬 좋아졌어. 달리기가 즐거워진 것 아니야?"

다 달리고 나서 나카하라가 물었다.

"음, 아직 그 정도까진 아니야. 나카하라, 너처럼 빨리 달릴 수 있는 사람은 달리기가 즐겁겠지만."

"뭐, 즐거운 건가, 달리는 게 좋아."

"달리기 말인데, 형한테도 영향을 받았어?"

"어?"

갑자기 나카하라의 얼굴이 굳었다.

실수했다. 말을 잘못할 걸까?

"형에 대해 알고 있었구나."

"아니, 자세히는 모르지만 굉장히 유망한 육상 선수였다고 들었어."

"유망하다……. 그 유망함이 사라지면 그 사람은 어떻게 될 것 같아?"

"어?"

"알잖아? 다른 일도. 형이 망가진 이유도."

내가 잠자코 있자 나카하라는 가까이 있던 마른 풀을 거칠게 쥐어뜯었다.

"별로 상관은 없어. 숨기는 것도 아니고. 그것만을 목표로, 인생의 중심으로 삼고 노력에 노력을 거듭했는데 그게 사라져버렸다면 그 사람은 어떻게 될 것 같아? 빈껍데기가 돼. 전직 선수가 아니야. 그냥 빈껍데기지."

"그럴 수가."

"사실이야. 그때까지 달리기를 무엇보다 좋아하고, 달리기 위해 태어났다고 생각했던 사람이 이번에는 그것 때문에 고통을 받아. 뭐, 스포츠에 역경이나 좌절은 당연한 거라 그걸 극복하지 못한 건 형이 나약해서일지도 모르지만, 그렇다면 처음부터 이런 세상에 뛰어들지 않으면 좋았을 텐데, 그러면 이렇게 괴로울 일은 없지 않았을까?"

"형은 후회하고 있어? 육상을 시작한 걸?"

"글쎄, 모르겠어. 그런 건 물어보지 않았어. 스스로 후회

한다고 생각하면 그때까지 자기 인생을 부정하는 셈이 될 테니까. 나도 처음엔 망설였어, 육상을 시작할 때. 형이나 부모님이 싫어할까 봐. 달리는 내 모습을 보면 싫어하지 않을까. 하지만 아니었어. 가족들은 내가 달리기를 좋아하는 걸 아니까. 오히려 형을 배려해서 달리지 않는다면 그게 더 싫다고, 슬프다고 했어."

그건 알 것 같았다.

"그렇다고 형의 실패를 설욕하려는 마음에 불타서 달리는 것도 아니야. 나는 단순히 달리는 게 좋아. 어떻게 할 수 없을 정도로."

겨울바람이 지나가자 마른 풀 냄새가 났다.

반짝거리는 강물이 눈에 따가울 정도다.

같은 나이에 이토록 확고하게 좋아하는 대상이 있는 나카하라가 무척 부러웠다. 강하다, 나카하라는. 좋아하는 게 있는 사람은 강하다.

그날 밤, 할아버지 방에 갔다.

"오, 무슨 일 있었니?"

방에 들어가자마자 할아버지가 물었다.

"어, 왜요? 갑자기."

"아니, 왠지 표정이 후련해 보여서."

"그, 그래요?"

육체적으로는 쇠약하지만 다른 감각은 날카로워진 모양이다.

"마라톤 대회를 앞두고 훈련을 하고 있어서 그런가? 내일이 마라톤 대회예요."

"그러니. 힘내라. 누워서나마 응원하마."

만약 한 번도 걷지 않고 글자 그대로 '완주'할 수 있다면 할아버지도 좋아질 거라고 멋대로 내기를 한 건 비밀이다.

"응, 힘낼게요."

당일은 마라톤 대회에 안성맞춤인 날씨였다.

미오는 여전히 무기력 모드로 "진짜 싫어. 10킬로미터라니, 뭐야? 보통 차로 가는 거리잖아? 왜 달려야 하는지 모르겠어. 지친다"라고 했지만 막상 시작하면 나름대로 빠르다.

언뜻 의욕 없는 것처럼 가장하고 여차하면 그럭저럭 괜찮은 결과를 내는 건 평소의 미오 스타일이다.

나는 나대로 최선을 다할 뿐. 어디서 많이 들어본 표현이지만, 의외로 진리는 이런 곳에 있다는 걸 깨닫게 된다.

명경지수. 할아버지 방에 있는 액자에 적힌 글귀다.

티 없는 거울과 고요하고 맑은 물처럼 아무런 사념도 없이 조용하고 차분한 마음 상태를 뜻한다고 배웠다. 아니, 사념은 있지만. 아니, 이건 사념이 아니다, 소원이다. 무사히 완주하면 할아버지는 분명…….

그런 생각을 하는 사이 남학생들이 출발했다.

"어차피 나카하라가 또 1등이겠지."

미오가 말했다. 다른 아이들도 그렇게 생각하겠지.

하지만 다른 사람들이 예상하는 대로 실제로 그것을 이룬다는 것, 그에 부합하는 결과를 낸다는 것은 사실 굉장히 힘든 일이다.

뭐, 나도 정반대 뜻으로 다른 사람들이 예상하는 대상이기는 하지만.

의심할 여지없는 단독 꼴찌.

담임 야자키 선생님까지 대회가 시작되기도 전에 내가 최하위일 거라 믿고 이런 말을 했다.

"아카네, 돌아와서 교실에 아무도 없더라도 그냥 가면 돼. 마지막에 불만 꺼다오."

뭐, 괜찮다. 지금의 나는 명경지수. 자신과의 싸움뿐.

여자도 출발했다. 코스는 학교 주변.

군데군데 선생님이나 육성회 사람들이 서 있다. 평소 같으면 거기를 지날 때만큼은 일단 달리는 시늉을 하지만, 그다음에는 전부 걸었다. 하지만 올해의 나는 조금 다르다.

아니, 완전히 다르다. 어떻게든 마지막 그룹을 따라갔다.

다들 '어라?' 하는 느낌으로 나를 봤다. 평소 같으면 이 느린 그룹에도 일찌감치 추월당하기 때문이다.

어, 얘가 따라오다니, 우리가 혹시 느려졌나, 그렇게 생각하고 내심 초조한 걸까? 어디에나 나름대로의 싸움이 있다.

너희가 달라진 게 아니야. 내가 새로 태어난 거야.

그 느린 그룹에서도 뒤처지는 아이가 생겼다.

그건 바로 작년까지의 나. 세상에나, 내 뒤에 사람이 있다니! 힐끔 돌아보니 거리가 꽤 벌어졌다.

설마, 거짓말이지?

내 뒤에 길이 생긴다고 말했던 게 다카무라 고타로였던가? 내 뒤에 사람이 있다. 시라도 한 편 쓸 수 있을 듯한 기분이다.

아직까지는 달리고 있다.

오히려 몸이 가볍기까지 하다. 처음에는 힘들었지만, 이 그룹을 따라가느라 필사적으로 계속 달렸다. 그러자 어느 순간 문득 편해졌다. 예전만큼 힘들지 않다.

혹시 이게 세컨드 윈드?

사실 연습할 때는 세컨드 윈드를 느껴보지 못했다.

그것을 맛보려면 훨씬 더 고생해서 그 지점을 돌파해야 겨우 도달할 수 있는 경지라고 생각했기 때문에, 연습 중에는 그렇게까지 애써 달리지 않았던 것이다.

그래도 근력이 붙어서 폐와 심장이 단련되었기 때문일까?

아니, 이건 기적이다. 어쩌면 할아버지가 일으킨 기적일지도 모른다.

여기서 할아버지의 목소리가 귓가에 생생하게 들리거나 할아버지의 기척(생령?)을 느꼈다면 그야말로 기적 체험이었겠지만, 딱히 그런 일은 없었다.

옆에서 보면 느려터진 마지막 그룹을 필사적으로 따라가고 있을 뿐, 기적도 그 무엇도 아니겠지만.

명경지수는커녕 오만 생각이 떠올랐다 사라진다. 아니, 인간은 생각하는 갈대. 항상 다양한 생각을 하는 법이다.

그러고 보니 나카하라는 달릴 때 무슨 생각을 할까? 다음에 물어봐야지. 아니, 마라톤 대회가 끝나면 달릴 일도 없나. 그런가, 이게 끝나면 이제 함께 달릴 일이 없구나. 그 사실을 대회 당일 한창 달리는 도중에 깨닫는 멍청함. 잔뜩 아쉬운 마음이 치밀어 올랐다.

명경지수는 아득히 멀리 날아가 버리고 마음이 천 갈래 만 갈래로 흐트러졌다.

군데군데 코너에 서 있는 선생님이 깜짝 놀란 얼굴로 나를 보는 게 느껴졌다. 개중에는 콩트처럼 다시 쳐다보는 선생님도 있었는데, 놀라기는 나도 마찬가지다.

그리고 마침내 그대로 골인했다.

계속 달렸는데 작년보다 편했다. 순위도 기록도 당연히 좋아졌다. 0점만 받던 아이가 겨우 20점을 받게 된 정도의 상승률이라 평균점에 도달하려면 한참 멀었지만, 1등은 머나먼 꿈이지만, 이 한 걸음은 크다. 위대한 한 걸음이다.

교실로 들어가자 다들 아직 남아 있었다. 순간 술렁거리더니 야자키 선생님이 놀라서 눈을 휘둥그레 떴다.

"올해는 결국 못했구나, 그래, 기권했니?"

울컥해서 순위표와 기록증을 내밀었다.

"이, 이건."

선생님이 안경 쓴 눈을 깜빡이며 순위표와 기록증을 뚫어져라 쳐다보았다.

"세상에, 놀랍구나. 이거, 나카하라의 2연패, 2년 연속 신기록 갱신하고 똑같은 가치가 있어."

반에서 박수 소리가 일었다.

나카하라 쪽을 보니 웃는 얼굴로 박수를 치고 있었다.

돌아갈 준비를 하는데, 누군가 다가왔다.

"열심히 했네."

그 목소리에 고개를 돌리니 나카하라였다.

"나카하라, 네 덕분이야. 고마웠어."

가볍게 고개를 숙였다.

"천만에, 아카네, 네 노력의 성과야. 하지만 이걸 계기로 달리기를 좋아하게 된 것 아니야?"

그 말을 들으니 생각났다.

"아, 그래. 나 오늘 처음으로 달리는 도중에 세컨드 윈드를 경험했어! 정말 몸이 편해지더라. 정신적으로도 마음이 가벼워진달까, 확실히 느꼈어, 세컨드 윈드, 두 번째 바람을!"

"응? 바람? 아니, 윈드는 바람이라는 뜻도 있지만 마라톤에서 말하는 건 호흡이야, 두 번째 호흡."

"그래? 뭐, 됐어. 분명 그때는 바람을 맞은 것처럼 상쾌했으니까."

"그걸 잊을 수 없어서, 또 세컨드 윈드를 맛보고 싶어서 마라톤을 계속하는 사람도 많아. 세컨드 윈드를 느끼면 조금 속도를 높여도 지치지 않거든. 그걸 경험할 수 있었다는 건 연습으로 기초 체력이 붙었다는 뜻이야. 이걸 계기로 아카네 너도 마라톤을 계속해보면 어때?"

"그건 글쎄. 마라톤 대회까지 기간이 정해져 있으니 열심히 할 수 있었던 던 것도 있고."

"하지만 달리기로 속 근육을 단련하면 다른 운동도 잘할 수 있게 돼."

"음, 뭐, 생각해볼게."

집으로 돌아와 냉큼 할아버지에게 순위표와 기록증을 보여드렸다.

"오오, 오오! 대견하구나. 역시 우리 손녀야."

어제보다 안색이 좋은 것 같다.

그 소원이 이루어졌는지도 모른다.

괜찮다는 생각이 든다. 그렇다, 분명 괜찮을 거다. 바람의 방향이 바뀐 것이다. 분명 이제부터 좋은 바람이 불어오리라. 기적이 일어날 것 같은 예감이 든다. 데드존을 빠져나가는 것도 얼마 남지 않았다.

그리고 바로 기말고사를 치르고, 졸업식에 동아리 송별회, 종업식을 마치고 봄방학에 들어간 날, 할아버지가 돌아가셨다.

하늘이 빛과 장난치는 듯한 봄날 아침이었다.

전날까지는 아무 일 없이 지내고, 저녁도 평범하게 먹고, 평소와 똑같았다. 그날 밤 잠을 자다가 돌아가신 것이다. 전혀 고통스러워하지 않고 조용히 숨을 거두셨다고 한다. 자는 동안 죽었다면 본인은 죽었다고 느낄까?

죽음과 수면의 경계는 어디에 있는 걸까?

그때 꿈은 꾸고 있었을까?

할아버지는 "생명의 모래시계에서 마지막 모래 한 알이 떨어지는 순간까지는 살아 있는 거란다"라고 말씀하셨는데, 그 마지막 한 알이 마침내 떨어진 것이다. 밤사이에.

부모님과 친척들은 괴로워하다 돌아가시지 않아서 다행이라고 했다.

평온한 죽음이었다고. 하지만 과연 좋은 죽음이 있을까?

어떻게 죽더라도 죽음은 괴롭다. 고독하다.

마라톤 대회를 완주할 수 있어 멋대로 안심했던 면이 있었으니 이건 예상하지 못한 기습이었다.

생각해보면 아무런 근거도 없는데, 그것에 매달려 생각하기를 회피하고 있었다. 나만의 평계로 억지로 좋은 방향으로 믿으려 했을 뿐이다.

어떤 방법을 써봐도 죽음은 때가 되면 찾아온다. 봐주는 일 없이.

내가 뒤집을 수 있는 게 아니다.

아무리 발버둥 쳐도, 위를 찌르는 초조함에 몸이 타 들어가도.

하지만 이제 겁내지 않아도 된다.

언젠가 잃는다는 사실에. 그날이 온다는 사실에. 그날을 생각하면 무서워서 견딜 수 없었다. 내가 어떻게 될 것만 같아서.

하지만 이제 겁내지 않아도 된다.

언젠가 할아버지가 상황은 반대편에서 바라보는 것도 중요하다고 하셨다.

또 다른 게 보인다고. 그렇다, 이제 겁내지 않아도 된다, 언젠가 잃어버린다는 공포를. 잃어버린 지금은.

장례식은 급하게 치렀다. 처음 보는 의식이나 순서에 당황하고, 오랜만에 만나는 사촌이나 친척들과 떠드는 사이 일은 쭉쭉 진행되었다.

5년 만에 만난 멀리 사는 초등학교 2학년 사촌 남자아이가 나를 "아카네, 아카네"라고 함부로 부르며 머리카락을 잡아당기거나 발로 찼다. 그 아이를 상대해주는데, 나와 같은 또래 아이가 있는 친척 아주머니가 4월부터는 너도 중학교 3학년, 즉 수험생이라고 잔소리를 늘어놓으며 지망 학교는 정했느냐, 학원은 다니느냐고 집요하게 물어보는 바람에 내심 질렸다.

할아버지의 죽음을 슬퍼하고 애도할 상황이 아니었다.

집 안에는 이웃 사람들이 아무 거리낌 없이 밤낮으로 들락거렸고, 눈을 떼면 어린 사촌들이 내 방에서 온갖 물건을 끄집어내서 마음 놓을 틈이 없었다.

관에 못을 박을 때 친족들이 한 사람 한 사람 돌을 쥐고 박는데, 어린 사촌들이 더 하고 싶다고 울며 떼를 쓰질 않나, 화장터에서 태운 뼈가 나왔을 때는 무섭다고 소란을 피우질 않나, 이런 일이 2~3일만 더 계속되면 도저히 버티지 못할 것 같았다.

그 외에도 식사 때 내놓을 회가 모자라거나, 나중에 나눠 주려고 한 과일 바구니를 누가 집어 가거나, 남자 구두를 잘못 신고 간 사람이 있었는데 대신 남은 구두가 상당히 낡아서 계획적 범행이 아니냐고 의심하는 등(잘못 신고 간 구두는 새것이었다), 어른들은 그런 일로 진지하게 옥신각신했다. 장례식은 비극일 텐데 그렇게 군데군데 희극적이라 실제로도 간간이 웃음소리가 일었다.

이게 평범한 건지, 아니면 우리 집이 이상한 건지 잘 모르겠다.

유일하게 절 앞뜰에서 피기 시작한 벚꽃과 만개한 백목련을 올려다보았을 때 아아, 봄이구나, 하는 생각이 들었다.

할아버지가 가장 좋아하는 계절이다. 가장 좋아하는 계절에 돌아가셨다.

바라옵건대 벚꽃 아래서 죽길, 음력 2월의 보름달 뜰 무렵에.

그런 와카가 있었다는 게 떠올랐다.

가르쳐준 사람은 할아버지다. 누구의 시였더라?

갑자기 하늘의 파란빛과 백목련의 젖빛이 섞인 것처럼 번졌다.

앞으로는 봄이 죽은 이를 그리는 슬픈 계절이 되고 마는 걸까? 이렇게 아름다운 계절인데. 봄을 싫어하고 싶지는 않은데.

장례식이 끝나자 부모님은 완전히 녹초가 되었다.

그래도 아직 번잡한 마무리가 많이 남아 있어 우왕좌왕했다. 새삼 한 사람이 이 세상에서 사라진다는 건 큰일이라는 걸 깨달았다.

세상은 아랑곳없이 평소와 똑같이 돌아가지만.

봄방학이었던 탓도 있어 한동안 넋 빠진 채 지냈다.

"아카네도 지쳤지?"

부모님은 그렇게 말씀하시면서 하루 종일 멍하니 있어도 야단치지 않았다. 그래도 조금씩 일상으로 돌아왔다.

그날 햇빛이 따사로운 방에서 지갑 내용물을 정리하는데, 영수증이 몇 장 나왔다.

날짜를 보고 갑자기 가슴이 먹먹해졌다.

아직 할아버지가 살아 계셨을 때 받은 것이었다. 이걸 샀을 때는 아직 할아버지가 살아 계셨다.

그렇게 생각하니 갑자기, 스스로도 놀랄 정도로 큰 충격을 받았다.

이제 할아버지는 안 계신다. 돌아가셨다. 되돌릴 수 없는 그 사실을 마치 지금 막 깨달은 것처럼 어쩌면 좋을지 몰랐다. 할아버지가 돌아가신 날을 경계로 그 이전과 이후의 시간의 흐름이 마치 기원전과 기원후처럼 확연하게 갈리고 말았다.

이 영수증에 찍힌 물건을 사러 갔을 때는 아직 할아버지가 이 세상에 계셨는데. 나는 영수증을 움켜쥔 채 울었다.

할아버지가 돌아가시고 처음으로 소리 내 울었다.

거실로 내려가니 아버지가 서류를 테이블 위에 펼쳐놓고 뭔가 적고 있었다. 요일 감각이 사라졌지만, 그러고 보니 오늘은 일요일이었다.

내 기척을 느낀 아버지가 고개를 들었다.

"할아버지가 옛날에 사두신 주식이 이것저것 나와서 정리하고 있었어."

아버지는 평소와 똑같아 보였다.

"아빠, 할아버지가 돌아가셨는데 하나도 안 슬퍼 보여. 며느리인 엄마는 그렇다 쳐도 아빠는 친아버지인데."

아버지가 눈썹을 살짝 찌푸렸다.

"그야 슬프지. 내 부모님인데. 하지만 아빠 나이쯤 되면 슬픈 마음보다 후회가 더 크단다. 이렇게 할걸, 저렇게 할걸, 그런 생각뿐이야. 이 나이에도 아버지, 어머니에게 좀 더 착한 아이, 더 좋은 아들이 되고 싶었다는 생각을 해. 부모님이 그런 말씀을 하신 적은 한 번도 없었지만. 여러 가지가 죄송스러워서 견디기 힘들단다."

미오가 떠올랐다.

나는 그런 식으로 생각한 적은 한 번도 없다.

그런 일은 많을 것이다.

다른 사람은 깊이 생각하거나 느끼는 일을 나는 전혀 느

끼지 못할 때가 있다. 어쩌면 평생 생각해볼 기회가 없는 일
도 많을 것이다.

"할아버지는 '죽고 나면 잊어도 돼. 잊고 사는 게 나아'라
고 하셨어. 잊어도 된다는 건 여러 가지 일을 용서했다는 뜻
아닐까?"

"아버지다운 말씀이네."

그렇게 말하며 살짝 웃는 아버지는 그 순간만은 울 것 같
은 표정으로 보였다.

새 학기가 시작되기 전에 공책을 사기 위해 걸어서 슈퍼
에 갔다.

하늘 높은 곳에서 새가 지저귀고 있다. 나른하고 따사로
운 하루. 공기에 꽃향기가 섞여 있다.

싹을 틔운 보드라운 연두색 풀들이 눈부시다.

슈퍼에 들어가니 입구 근처 잡지 코너에 낯익은 실루엣이
보였다. 상대방도 뭔가 기척을 느꼈는지 고개를 들어 이쪽을
보았다. 서로 '아' 하는 모양으로 입을 벌렸다.

"아, 안녕."

"안녕하세요."

나카하라네 형이었다. 손에 들고 있던 잡지를 선반에 돌

려놓았다.

〈러닝 라이프〉라는 잡지였다. 그건 못 본 척하고 밝은 목소리로 물었다.

"쇼핑하러 왔어요?"

"아, 아니, 그냥. 잠깐 들렀어."

"저, 몸은 이제 괜찮아요? 전에 나카하라가 형하고 병원에 갔다고 해서."

"아아, 그거. 밤에 잠이 안 올 때가 있어서. 그 밖에도 이것저것."

아, 혹시 실수했나? 하지만 요전보다 말이 편하게 나오는 것 같았다. 서로.

"그렇지만 많이 좋아졌어. 전에는 생각도 할 수 없었는데 이렇게 혼자서 외출할 수 있게 되었고, 이런 잡지도 읽을 수 있고."

나카하라네 형이 조금 전까지 읽고 있던 잡지를 가리키며 웃었다.

"아카네, 너하고도 이렇게 평범하게 대화할 수 있고."

이름을 제대로 기억해준 게 기뻤다.

"동생하고 마라톤 대회를 위해 달렸다면서. 지금도 달리고 있니?"

"아뇨, 지금은 전혀. 요새 조금 여러 일이 있어서."

"그렇구나. 하지만 달리기는 즐겁지?"

"어, 음, 글쎄요. 원래 달리기를 엄청 못해서 진짜 싫어했
거든요."

무심코 말한 뒤에 아차 싶었다. 나카하라네 형은 달리기
를 좋아하지만 달릴 수 없다. 지금은 어떻지? 달리기를 어떻
게 생각할까?

"나도 한때는 달리기가 싫었어. 싫다기보다 증오했다는
편이 가까울지 모르지만, 이제 순수하게 달리기를 좋아하던
시절의 나로 조금씩 돌아오고 있어. 기록이나 순위나 선수나
대회 같은 것과 상관없이. 옛날에 선수였을 때는 내게 최고
의 기쁨을 주는 것도, 지옥의 나락에 떨어뜨리는 것도 경기
였는데, 지금은 그런 것에서 벗어나 달리기를 마주할 수 있
을 것 같아."

나카하라네 형은 또 살짝 미소를 지었다.

"게다가 달리기를 증오하면 과거의 자신도 증오하게 돼.
거기에 모든 걸 바쳤던 나를 전부. 그렇게 되고 싶지는 않
아."

나는 강하게 끄덕이며 그 눈을 바라보았다. 눈에 힘이 있
었다.

이 사람은 괜찮다. 데드존을 빠져나왔다.

그리고 세컨드 윈드, 두 번째 호흡이 시작된다. 깊이 숨을 들이쉬고, 내쉰다.

"동생 말인데, 봄방학 때는 평소 주말과 같은 시간에 같은 코스를 달리니까 마음 내키면 가봐."

"네."

순순히 끄덕였다.

다음 날 나카하라네 형이 말한 대로 마라톤 연습을 했을 때와 같은 시간대에 그 길에 가보니 나카하라가 달리고 있었다.

"여, 오랜만."

내 앞에서 천천히 걸음을 멈추었다.

"아, 어른이라면 이럴 때 어쩌고저쩌고 인사하나?"

할아버지 장례식을 말하는 것이다.

"아니, 이젠 됐어. 할아버지는 연세도 많고 병도 있었고."

"하지만 좋아했잖아, 할아버지를."

"그야 그렇지. 하지만 마지막에는 병도 꽤 심해져서 몸도 힘들어 보였어. 지금은 괴로움도 고통도 없는 곳에 가셨으니까."

할아버지는 괴로운 데드존을 빠져나와 저편으로 가셨다.

그곳에는 분명 좋은 바람이 불고 있을 것이다.

"아, 그래. 오늘 잘 만났다. 이거."

나카하라가 운동복 주머니에서 봉투를 꺼내 내밀었다. '구연산 캔디'라고 적혀 있었다.

"늦었지만 밸런타인데이 답례야."

"어? 아, 요전에 준 낱개 포장 초콜릿 말이야? 그거 남은 거였는데. 딱히 밸런타인데이라서 준 게 아니라니까. 그렇게 볼품없는 거."

"그러니까 나도 볼품없는 걸로 주잖아."

"그건 세 배로 갚아야지!"

"의외로 뻔뻔하네."

함께 웃었다.

"어쨌든 유통기한 지나기 전에 줄 수 있어서 다행이야."

보니까 유통기한까지 아홉 달이나 남았다.

"이제 한동안, 아니 앞으로 오지 않을 줄 알았거든."

나카하라가 조금 난처한 표정을 지었다.

"뭐, 마라톤 대회도 끝났고. 하지만 달리면 속 근육이 강해져서 다른 스포츠도 잘하게 된다고 네가 그랬잖아. 적어도 아직 중학교 1년, 고등학교 3년 동안은 체육 수업이 있으니까, 체육 시간의 우울함을 조금이라도 없앨 수 있다면 계속해보는 것도 좋을 것 같아. 고등학교에 가면 미술, 서예, 음악은 선택할 수 있는데, 체육만은 계속 들어야 하잖아. 아, 빨리 대학생이 되고 싶어."

"응? 대학에 가도 체육은 있어."

"어? 정말?"

"응, 분명히 있었는데. 1학년 때만 듣던가, 중·고등학교 수업처럼 빡빡하고 힘든 체육은 아닌 모양이지만. 공학이면 남녀 함께 듣는다더라."

"웩, 거짓말이지? 최악이야. 됐어, 나 대학 안 갈래."

"어, 그 이유 하나 때문에?"

"정말, 왜 체육은 거기까지 따라오는 거야?"

"그만큼 중요하다는 뜻이겠지. 만약 위험한 거래 현장에 FBI가 들이닥치면 창문으로 달아나서 지붕을 타고 뛰어다녀야 할 테고, 형사에게 쫓기면 전력 질주로 따돌려야 하고, 밀수선이 침몰하면 헤엄쳐서 해안까지 가야 하니까."

"왜 범죄자를 전제로 말해?"

둘이서 또 웃었다.

"그냥 해본 말이야. 실제로 적당한 근육을 키워서 몸이 유연해지면 만약 무슨 일이 있었을 때 몸을 지킬 수 있어. 체육은 자기 생명을 지키는 실학이기도 하니까."

"음, 그럼 조금 더 해볼까."

기지개를 펴고 바로 앞에 있는 강변길을 쳐다보니 벚꽃은 만개하기 직전이었다.

벚꽃 아래서.

아아, 그건 사이교西行가 지은 시였다.

불현듯 떠올랐다. 그렇다, 사이교다.

"대학교에 갈지 안 갈지는 모르지만 일단 나는 서쪽으로 갈래."

"응? 서쪽으로? 뭐야? 삼장법사?"

"사이교야, 사이교. 고, 웨스트!"

나는 달려 나갔다.

"잠깐, 그쪽은 동쪽이야, 서쪽은 이쪽! 그보다 워밍업은 제대로 했어?"

나카하라의 목소리가 쫓아왔다.

하지만 달리기를 멈추지는 않았다.

서쪽도 동쪽도, 남이 보면 틀렸을지 모르지만 내가 달려 가는 방향이 서쪽이다.

힘들어도 계속 달리면, 세컨드 윈드가 찾아온다.

반드시 온다.

바람이 불어와 벚꽃잎이 축복하듯 흩날렸다.

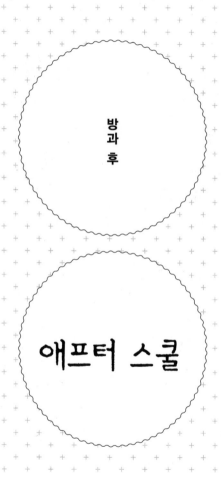

방
과
후

애프터 스쿨

사실은 ○○가 되고 싶었는데.

그런 말을 입에 담는 어른은 되고 싶지 않았다.

사실은 야구 선수가 되고 싶었는데, 사실은 화가가 되고 싶었는데, 사실은 음악가가 되고 싶었는데. 사실은, 사실은.

그럼 당신이 지금 살고 있는 현실은 뭐지? 사실이 아닌 거야? 스스로 자기의 현재를 부정해서 어쩌려고?

원래 나는 여기 있을 사람이 아닙니다, 다른 세상에서 빛나야 할 사람입니다, 라고 말하고 싶은 걸까?

하지만 '사실은'이라는 말로 핑계를 대면 자신이 더 비참해질 뿐이다.

나는 다르다.

사실은 소설가가 되고 싶었지만 그러지 못해서 국어 교

사를 하고 있는 것이다. 그런 말은 절대 입 밖으로 내지 않는다.

그야 이제부터 소설가가 될 거니까.

어렸을 때부터 그렇게 생각했다. 시간이 흐르면 아이가 어른이 되는 것처럼 자연스럽게 그렇게 될 줄 알았다. 조금 시간이 걸리고는 있지만 지금도 그렇게 생각한다.

그렇지 않으면 지금까지 버틸 수 없었다.

학창 시절에 데뷔하는 게 목표였다. 오에 겐자부로나 이시하라 신타로처럼. 하지만 그 꿈은 이루지 못했으니 교사가 되었다. 그래도 어쩔 수 없이 교사가 된 게 아니다. 소설가가 되기까지 징검다리로 생각한 것도 아니다. 그것은 학생에게도, 다른 선생님들에게도 실례다. 그런 생각이 어딘가에 있으면 뻔히 보여서 전해지고 만다. 부모님도 교사였다. 나는 부모님을 존경하고, 교사가 얼마나 힘든지도, 인생을 걸 가치가 있는 직업이라는 것도 알고 있다.

그 사실과는 완전히 별개의 차원에서 소설가가 된다는 목표도 항상 존재했다.

실제로 전직 교사였던 작가는 많다. 국어뿐만 아니라 의외로 이과에도 있다.

그렇다, 작가는 모든 경험이 작품의 거름이 되는 것이다.

교사로 지내는 이런 날들도 언젠가 소설에 반영되어, 언젠가 꽃을 피울 날이 오리라.

그리고 이름 높은 문학상을 수상하는 날에는 이 학교에 금의환향해줄 수도 있다. '과거 교단에 섰던 중학교에서'라는 캡션과 함께 오랜만에 칠판을 뒤로한 내 사진이 문예지 권두 특집 기사를 장식하겠지. 다음 페이지에는 학생들에게 둘러싸여 손에는 꽃다발을 들고 있다. 전직 동료를 넣어도 되겠군. '야자키 선생님은 여기서 근무하셨을 때도 학생들에게 인기가 많은 선생님이었어요'라는 코멘트와 함께.

원한다면 강연도 마다하지 않겠다. 주제는 '꿈은 이루어진다. 꿈꾸기를 멈추지 않는다면'. 그것은 듣는 이의 마음에 얼마나 큰 감동을 줄까? 어쨌거나 그것을 실현한 사람이 눈앞에서 그것에 대해 말하는 거니까. 이보다 설득력 있는 이야기는 없다. 그때 입을 옷도 정해놓았다. '오늘 입은 양복과 넥타이는 교사 첫 월급으로 구입한 것이다. 오랜만에 몸에 걸치니 마음가짐이 새로워지는 것 같다고 말하는 신진 유망 작가의 얼굴에 망설임은 없었다'라고 덧붙이자. 기사는 기자에게 맡기지 말고 직접 써도 된다.

거기까지 구상을 마쳤는데, 현실이 따라주지 않았다.

문학상 일반 공모는 지방자치단체가 주최하는 지방 문학

상과 대형 출판사가 주최하는 중앙 문학상이 있는데, 물론 나는 프로 작가 데뷔로 곧바로 이어지는 중앙 문학상만 노린다.

이미 오랫동안 투고 생활을 해와서 어느 상이 언제 발표되는지, 얼마나 써야 하는지, 그런 응모 요강도 전부 머릿속에 들어 있었다.

이제는 '아아, ○○상 마감이 가까우니 봄이구나'라거나 '이제 곧 1차 통과자 발표가 있으니 여름이 오겠구나' 하고 계절의 추이를 문학상 스케줄로 느낄 정도다.

1년의 흐름도 문학상 응모를 중심으로 돌아간다. 이번 방학을 이용해 그 응모작을 완성해야겠다거나, 이 시기는 문화제 준비로 바빠지니까 그 전에 ○○상 원고를 될 수 있는 대로 많이 써놓자거나. 신인 문학상은 이미 완전히 내 생활 속에 들어와 있었다.

하지만 아무리 글을 쓰는데도 1차도 통과하지 못했다.

1차 심사는 사전 심사라고도 하는데, 몇천 편씩 들어오는 응모작을 사전 심사위원들이 먼저 훑어본다. 보통은 신인 작가나 프리 라이터가 맡는다. 이 1차에서 떨어지는 것이다.

대체 어떻게 된 걸까?

이렇게 재미있는데. 매번 원고를 보낼 때마다 수상을 확신하는데, 어째선지 1차도 통과하지 못한다.

짐작 가는 바가 있다면 신인 작가나 언젠가 작가가 되려는 라이터들이 사전 심사를 맡는다는 점이다. 그들이 장래 자기 라이벌이 될, 자신을 위협할 경이로운 재능을 발견했을 때 과연 어떻게 행동할까? 이 단계에서 싹을 뽑아버리자, 짓밟아버리자, 그렇게 생각해도 이상하지 않다. 그 심리는 모르는 바가 아니다.

그렇다면 나는 영원히 이 관문을 통과하지 못하는 것 아닐까?

여기를 통과하지 않으면 심사위원인 소설가들은커녕(선생님들께는 최종 심의에 남은 몇 작품만 넘어간다) 편집자 눈에도 들지 못하는 것이다.

그 사람들이 보면 내 작품의 장점은 일목요연할 텐데.

이 무한 루프에서 벗어나려면 대체 어떻게 해야 할까?

그럴 때 귀에 들어온 게 미키 아스카의 수상 소식이었다. 사상 최연소로 문학 신인상 특별상을 수상했다고 한다.

순간 내 귀를 의심했다.

나도 같은 상에 응모했다. 그 상으로 화제에 오르는 건 나여야 했다.

뭔가 착각한 게 아닐까? 서둘러 서점으로 달려가 수상작이 실린 문예지를 샀다. 거기에는 분명 미키 아스카의 얼굴 사진과 프로필이 실려 있었다. 틀림없이 우리 반 미키 아스카였다.

정신이 아득해졌다. 청출어람이란 게 이런 건가.

아니, 딱히 그 아이가 내 소설의 제자는 아니지만. 제자는 아니지만 내 학생이다. 그렇다, 내가 매일 가르치는 아이가 아닌가.

마음을 가라앉히고 그 아이가 쓴 글을 정신없이 읽었다.

오호라, 제법 잘 썼다.

하지만 열네 살치고는 그렇다는 뜻이다. 이게 처음 쓴 소설이라고 수상 소감에 적혀 있었다. 소설에도 초심자의 행운이 있는지도 모른다. 우연히 잘 쓴 거겠지. 그게 우연히 편집자 눈에 띈 것이다.

그렇다, 프로필 때문이다. 중학교 2학년 열네 살 여학생.

출판사도 장사다. 하물며 출판계의 불황이 오래도록 심각한 문제가 된 이때, 이렇게 먹음직스러운 소재에 덤벼들지 않을 리 없다.

화제를 끌 거라고 판단했으리라.

그런 미끼가 없으면 좀처럼 책이 팔리지 않는 세상이다. 아무리 내용이 좋아도.

가령 이것을 내가 썼더라도 수상하지는 못했을 것이다. 반대로 내가 쓴 것을 여중생이 썼다고 보내면 상을 받을 수 있겠지. 그게 현실이다.

그때 하늘의 계시처럼 번뜩 떠오르는 생각이 있었다. 신인 문학상에서는 최종 심사에 남은 단계에서 출판사 편집자가 담당으로 붙는 일도 드물지 않다고 한다. 그렇다면 당연히 상을 받은 미키 아스카에게도 담당 편집자가 붙었을 것이다.

이 기회를 놓칠 수는 없다. 다급하면 지푸라기라도 잡으라고 하지 않나. 학생의 연줄에 매달리는 게 잘못일까? 아니, 그렇지 않다(반어).

작가를 향한 길을 가로막는 사전 심사라는 장벽을 뛰어넘으려면 이 방법밖에 없다.

재빨리 방과 후에 미키 아스카를 불러 지금까지 쓴 작품, 얄미운 사전 심사 때문에 운 없이도 낙선하고 만 작품들을 건넸다.

물론 편집자에게 읽어달라고 부탁하기 위해서다. 읽어만 준다면 승산이 있다.

만약 이 작품들의 장점을 이해하지 못한다면 그 편집자의 눈이 장식품이다.

미키 아스카는 처음에는 당황한 기색이었지만(사실 양이 많았다. 두세 번으로 나눌 걸 그랬다고 나중에 후회했다) 기꺼이 받아주었다.

그나저나 이 아이는 진심으로 작가가 되고 싶은 것 같지 않다. 어쨌거나 플롯이라는 용어조차 모른다고 하니 기가 막혔다. 그것은 분명 초심자의 행운, 우연이었을 것이다.

달리기 시합도 그렇다. 가능하면 1등을 하고 싶다, 되면 좋겠다고 생각하며 달리는 사람은 1등을 노리고 달리는 사람을 이길 수 없다.

아마 소설 작법 같은 책도 한 권도 읽어본 적 없겠지.

나는 지금까지 소설 창작 수업을 8년 동안 들었고, 지금도 임시 강좌는 최대한 많이 듣고 있다.

항상 정진하며 소설이란 무엇인지 충분히 이해하고 있다. 경력도 열정도 그 아이와는 다르다. 그 아이는 단순히 운이 좋았을 뿐이다.

미키 아스카에게 원고를 맡기고 일단 마음은 놓았지만, 그것을 읽은 편집자에게 "최근에 집필한 작품을 보여주십시오"라는 말을 들을 때를 대비해 신작을 쓰기 시작했다.

이 즉각적인 대응력도 신인에게 요구되는 능력 중 하나다. 모처럼 데뷔했는데 그 정도 예비도 없으면 다음 전개가 없다. 거기서 끝이다.

미키 아스카는 아마 아무것도 없을 것이다. 한때 각광을 받아도 결국 결실 없이 끝날 게 뻔히 보인다. 안타깝게도. 하지만 나는 어떻게 해줄 수 없다.

미키 아스카, 괴로워해라. 글을 쓴다는 건 고독한 격투다. 오로지 혼자서 싸우는 수밖에 없다.

그날 밤, 소설 창작 수업을 들을 때 알게 된 후지무라가 오랜만에 전화를 했다.

후지무라는 나보다 두 살 어린 서른일곱 살로, 마찬가지로 독신이다. 학원 강사 아르바이트를 하면서 무거운 순수 문학을 쓰고 있다. 담당 교과는 의외로 화학이었다.

"후지무라"라고 부르자 "도손이라고 이름으로 불러"라고 했다. 필명은 '후지무라 도손藤村藤村'인데 "후지무라 위에 제곱 표시를 붙이는 거야. 콩콩하고 같은 법칙이지"라고 했는데 무슨 뜻인지 몰라 고개를 갸웃거리자 후지무라는 종이에 'kyon²'이라고 쓰더니 "고이즈미 교코 별명이잖아, 몰라? 나보다 나이도 많으면서"라고 불만스러운 표정을 지었지만, 너야말로 그런 걸 왜 아느냐고 묻고 싶다.

장난인지 진심인지 잘 모를 녀석이지만, 그가 쓰는 글은

중후해서 인간의 내면을 가차 없이 도려내고 폭로하는 소설을 쓴다.

예전에는 2차 심사까지 통과한 적도 있다는데, 어쨌거나 과작이라 벌써 그렇게 적게 써서 어쩔 셈인가 싶지만, 자기 가슴속에서 자연히 떠오르는 무언가가 나타날 때까지 펜을 들지 않는다고 한다.

반년 동안 열 장도 못 쓰는 일도 있다고 한다. 지금도 집필은 중단한 상태인 듯했다. 서로 근황을 보고한 뒤 후지무라가 "아베 마사히로라는 작가 알아?"라고 물었다.

"아베 마사히로라니, 그 아베 마사히로 말이야? 그《해바라기 길 상점가》시리즈를 쓴?"

"맞아. 잘 아네."

알고 자시고, 아베 마사히로는 내가 좋아하는 작가, 아니, 목표로 하는 작가였다.

아동문학 작품으로 데뷔했지만, 그 후 일반 소설로 옮겨 다정하고 운치 있는 가족 소설을 써서 넓은 층의 지지를 받고 있다. 드라마로 만든 작품도 몇 개 있었다.

분명 나이도 비슷했던 것 같다.

"아베 마사히로가 왜?"

"그게, 내 상사의 조카였어. 그 상사가 6월 이동으로 지금 있는 기숙사에 들어왔는데, 내가 소설을 쓴다는 걸 알고는 '아아, 그렇다면 내 조카가' 하고 얘기를 꺼내더니 이번에 취재로 이쪽에 온다면서 괜찮으면 소개해줄까 하더라고."

"레알?"

저도 모르게 평소 학생들 말버릇이 튀어나왔다.

국어 교사로서 입에 담아도 될지 모를 말이지만 생각하기도 전에 나와버렸다.

바라지도 않던 기회였다. 최전선에서 활약하는 프로 소설가와 직접 이야기를 나눌 수 있다니, 흔한 기회가 아니다. 하물며 이런 시골에서.

"만나고 싶어, 만나고 싶어. 만나보고 싶어."

흥분이 느껴졌는지 후지무라도 "그럼 그런 방향으로 추진해볼게"라고 들뜬 목소리로 대답했다.

책장으로 눈을 돌리니 아베 마사히로의 작품이 몇 권 꽂혀 있다. 사인을 받자. 궁금한 것도 많다. 그렇다, 내가 쓴 작품도 가져가자. 어쩌면 그 자리에서 조언을 얻을 수 있을지도 모른다.

아니, 상황에 따라서는 이런 흐름이 될지도 모른다.

"훌륭해! 이건 아마추어의 수준이 아니야. 지금까지 묻혀 있었다니 믿을 수 없어. 이대로 문예지에 실어도 전혀 손색이 없겠어. 내가 편집장에게 소개해주지."

미키 아스카보다 이쪽이 훨씬 굵은 연줄이다.

왠지 요즘 갑자기 집필운이 따른다. 문단에 가까워진 듯
한 기분이다. 그것도 그쪽에서 다가오고 있다.

그렇다, 작가는 그렇게 될 사람이 되는 것이다.

그렇게 될 운명을 타고난 것이다. 그것을 숙명이라 부르
는 것이다.

며칠 후, 아베 마사히로와 식사 약속이 정해졌다.

후지무라는 그 외에도 소설 수업을 함께 들은 동료 몇 명
을 불렀는지 정년퇴직한 후 창작을 시작한 요시다라는 남자
와 판타지를 쓰는 회사원처럼 보이는 다케카와라는 여성이
왔다.

장소는 이 지역에서 가장 큰 역 근처에 있는 서양식 술집
이었다. 준비는 전부 후지무라가 해주었다. 어딘가 사회 부
적응자처럼 보이는 후지무라가 이런 일을 완벽하게 처리하
다니, 뜻밖이었다.

내가 아베 마사히로의 팬이라는 사실을 아는 후지무라는
그의 옆자리로 자연스럽게 배치해주었다. 아베 마사히로의
얼굴은 저자 근황이나 잡지 인터뷰로 봤지만, 실제로 보니

훨씬 젊어 보였다. 갓 목욕하고 나온 것처럼 상쾌하게 생긴 호남이었다.

간단한 자기소개 뒤 술자리가 시작되면서 자연히 아베 마사히로를 둘러싼 좌담회처럼 되었다.

"하루에 어느 정도 속도로 글을 쓰십니까?"

"작가가 되고 좋았던 점은?"

"마감을 어긴 적은 있습니까?"

"집필하다가 벽에 부딪혔을 때는 무엇으로 기분 전환을 합니까?"

그런 질문에 일일이 정중하게 단어를 골라가며 대답해주는 모습은 성실해 보였다.

"저는 이래저래 20년 정도 투고를 계속하고 있는데, 좀처럼 최종 심사까지 남지 못합니다. 어떻게 하면 상을 받아 데뷔할 수 있을까요?"

내 차례가 되어 그런 질문을 던져보았다.

"20년이라고요. 그거 대단하네요. 뭐, 상이라는 건 운도 따라야 하니까요. 그렇지만 20년 동안 계속 글을 쓰셨다는 건 그만한 정열과 소재가 있고, 창작 의욕이 끊이지 않는다는 뜻이니 그건 그것대로 멋진 일이라고 생각합니다."

기뻐서 뺨이 달아오르는 게 느껴졌다.

"고맙습니다. 저는 선생님의 열렬한 팬입니다. 선생님은 정말 작풍하고 똑같은 분이군요. 감동했습니다. 다정하고 따스한 인품이 마치 《해바라기 길 상점가》에 나오는 카페 앨리스의 마스터 같습니다."

"아이고, 천만에요. 제가 그렇지 못해서 그리 되고 싶다는 생각으로 글을 쓴답니다."

"아, 그러십니까?"

아베 마사히로는 온화한 미소를 지으며 살짝 고개를 기울였다.

그 타이밍에 작품에 사인을 부탁하자 흔쾌히 수락했다.

"저, 이건 제가 쓴 글입니다만."

원고가 든 봉투를 내밀자 순간 미소가 사라지고 난처해하는 기색이었다.

"아, 아아, 직접 쓴 작품이라고요. 어, 이걸 제가 어쩌면 좋을까요?"

"시간이 날 때 읽어주신다면."

사실은 이 자리에서 읽어줬으면 했지만, 이 상황에서는 어려울 것 같다.

"아아, 그런 뜻으로. 네, 알겠습니다. 그럼 일단 받아 가겠습니다."

일단이라는 말이 조금 마음에 걸렸지만 건네주기는 했다. 오늘의 목표는 거의 달성했다고 할 수 있겠다. 나머지는 내 작품을 읽은 그의 연락을 기다릴 뿐이다.

아베 마사히로는 원고를 옆에 내려놓고 나를 돌아보았다.

"늘 생각하는 건데, 작가는 성격이 좋은 사람에게는 어울리지 않아요. 성격 좋은 솔직한 사람은 소설을 쓸 수 없습니다. 적어도 남들이 전율할 만큼 좋은 작품은요. 뛰어난 소설을 쓰는 사람일수록 성격이 뒤틀렸습니다. 그렇지 않으면 인간의 이면까지 묘사할 수가 없어요. 냉철하고 고약한 시선이 없으면 인간을 관찰할 수 없습니다. 나쓰메 소세키도 꽤 심술궂은 면이 있었다고 하는데, 뭐, 작가란 대개 그렇지요. 본인이 말하는 거니 틀림없습니다. 그저 자기 성격이 얼마나 나쁜지, 비열한지, 추악한지 스스로 충분히 자각하고 파악하고 있기에 그와 정반대인 아름다움과 다정함, 솔직하고 굳건한 가치를 이해할 수 있는 거지요. 이끌리는 거예요. 동경하는 겁니다. 그것을 글로 쓰지요. 만약 당신 소설이 좀처럼 빛을 보지 못한다면 그건 분명 당신 성격이 굉장히 좋아서 그런 걸 겁니다."

"하아."

칭찬을 해주는 건지 뭔지 잘 몰라서 얼빠진 대답을 하고 말았다. 그래도 프로 작가와 직접 이야기를 나눌 수 있어 크게 자극을 받았고, 결실이 많은 모임이었다.

덕분에 더 의욕이 솟아서 당장 이튿날인 일요일에도 컴퓨터 앞에 앉아 있는데, 아파트 문밖에서 인기척이 났다.

일요일 오후에 집을 찾아오는 건 종교나 신문 영업처럼 대개 '나가면 후회'하는 손님들뿐이라 무시하고 있자니 바깥으로 난 주방 간유리에 사람 머리 그림자가 비쳤다. 한참 동안 창문 끝에서 끝으로 오락가락하는 그림자가 보이다가 이윽고 멀어져가는 발소리가 들렸다. 주방에 난 작은 창문을 열고 가만히 살펴보니 소녀의 뒷모습이 보였다.

아파트 앞에 서 있던 차에 올라탄다.

미키 아스카였다.

차가 떠난 뒤 문을 열어보니 낯익은 커다란 종이봉투가 놓여 있었다.

안에는 내 원고가 들어 있었다. 대문 우편함에 편지 같은 게 꽂혀 있다.

그것은 슈분샤 편집자의 편지였다.

오호라, 이러쿵저러쿵 말은 해대도 편집자란 역시 뛰어나구나.

간결한 문장에 실로 정확한 조언이 담겨 있었다.

내 작품의 본질을 꿰뚫어 보다니 역시 대단하다. 듣고 보니 확실히 내 작품 색깔에는 슈분샤보다 고에이쇼보 쪽이 맞다.

하지만 뻔히 알면서 라이벌 회사에 이 뛰어난 재능을 넘기다니 어지간히 관대하군. 혹은 출판계 전체의 미래를 생각한 건가.

한층 더 창작 의욕을 자극받아 집필에 큰 진척이 있었다.

그 후로 몇 달이 지났지만 아베 마사히로에게서는 아무 연락도 없고, 기세등등하게 보낸 고에이쇼보 신인 문학상은 허무하게 1차에서 탈락했다. 지금까지 가장 자신 있는 작품이었는데.

후지무라의 말에 따르면 아베 마사히로는 그때 왔던 판타지 쓰는 회사원 다케카와 씨에게 먼저 연락을 취해 도쿄에서 만나곤 하는 모양이다.

"그게 뭐야."

부루퉁하게 묻자 후지무라도 성난 목소리로 대꾸했다.

"나도 몰라. 설마 일이 이렇게 될 줄이야. 그녀는 내가 먼저 점찍어서, 그날도 그래서 불렀던 건데!"

그랬나.

"그건 그 사람한테서 재능을 발견하고 작품을 봐주고 있다는 뜻이야? 아니면 남녀로서 사귀는 거야?"

"몰라! 이제 아무래도 상관없어!"

둘 다 맞을지도 모르겠다고 멍하니 생각했다.

얼마 후 미키 아스카의 책이 출판된다는 소문을 들었다.

혼자만의 감상이지만 세상에서 버림받은 것만 같았다. 몸도 마음도 지독한 고독감에 사로잡혀 한동안 컴퓨터 앞에 앉을 마음이 들지 않았다.

가까이 다가왔다고 생각했던 문단은 아득히 멀리 떠나서 이제는 티끌처럼 작아졌다.

아니, 그마저도 환상이었을지 모른다.

이제 누구에게도 사랑받지 못한다.

문단의 여신에게도, 학생에게도, 심지어 부모님께도.

나는 지시를 잘 따르는 아이였다. 공부나 숙제를 하지 않아서 혼나고 결국 해야 한다면 처음부터 그냥 하는 게 낫다. 입씨름하는 만큼 시간과 노력만 낭비한다. 시험 점수로 동요하거나 의기소침해하거나 고민하는 게 싫어서 공부를 했다. 공부에 대한 불안은 공부로만 해결할 수 있다. 그 결과 부모님도 기뻐하셨고, 선생님이나 반 친구들도 나를 높이 평가했다. 좋은 일만 가득했다.

하지만 어째선지 부모님은 공부를 싫어하고 사사건건 문제를 일으키는 골칫덩어리 남동생에게 더 애정을 쏟는 것처럼 보였다. 남동생은 결점도 많았지만, 그것을 보충하고도 남을 만한 애교와 귀염성이 있었다. 그건 천성이었다. 내가 평생 노력해도 얻을 수 없는 것을 동생은 의식하지 않고 손에 넣었다.

나는 부모님과 이야기할 때 조금 긴장한다. 어릴 때부터 쭉 그랬다.

친부모인데. 그런 긴장감이 부모님께도 전달되는지 우리 사이에는 항상 얇은 막 같은 게 있었다. 진심으로 속을 털어놓는다고 할 수 없는 관계였다.

어쩐지 나를 꺼린다는 생각은 있었다. 부모님은 물론이고 주위 사람들도. 이유는 모르겠다. 하지만 사람들이 그렇게 생각한다는 건 내 안에 뭔가 남들이 꺼리게 만드는 요소가 있다는 뜻이겠지.

그런 내 곁에 있어준 게 책이었다. 다양한 사람들의 다양한 이야기는 내 마음을 멀리 데려가주었다. 누구와도 나눌 수 없는 고독을 알아준 것은 이야기였다.

언젠가 나도 그런 이야기를 쓰는 사람이 되자. 그런 생각에 이른 것은 자연스러운 일이었다.

하지만 그게 가능한 것은 역시 사랑받는 사람이다. 문학의 신에게.

아무래도 나는 그렇지 않다는 것을 스스로 깨닫고 인정하기 전에는 끝나지 않는 것이다.

바로 이 순간이 그때인 것 같았다.

계속 춤을 추어도 봐주는 사람이 없다면 그저 준비운동일 뿐이다.

나는 준비가 너무 길었다. 언제까지나 막은 열리지 않는다. 이제 지쳤다.

그저 허망했다. 허망해서 죽을 수 있다면 지금 이 자리에서 숨이 멎었을 것이다.

그것도 좋다. 유해를 수습해줄 사람도 없겠지. 그래도 상관없다.

당연한 일이지만 허망함 때문에 죽지는 않는다. 일상은 아랑곳없이 계속된다.

어제와 다름없는 오늘이 있다.

다만 내가 글을 쓰지 않게 되었을 뿐이다. 곤란한 사람은 아무도 없다. 세상은 아무것도 변하지 않는다.

　방과 후, 쪽지시험지를 채점하고 있는데 당번인 나카하라가 교무실에 학급 일지를 가지고 왔다.

　"아아, 수고했다."

　일지에 도장을 찍어 돌려주자, 나카하라가 불쑥 말했다.

　"선생님도 소설 쓰신다면서요?"

　"그런데. 누구한테 들었니?"

　"아, 저, 미키 아스카한테 들었어요. 지금 쓰고 계신 거 있어요?"

　"아, 아니, 지금은, 그게, 학교 일이 바빠서, 이 시기는 행사도 많고."

　희미한 죄책감이 가슴속에 서서히 번졌다.

　"그래요? 그럼 또 쓰면 보여주세요."

　"어, 선생님 글을?"

　"네. 기대하고 있을게요."

　나카하라는 씨익 웃으며 그렇게 말하더니 고개를 숙이고 교무실에서 나갔다.

　보여주세요. 기대하고 있을게요.

　아득한 옛날의 한 얼굴에 겹쳐진다. 그 아이도 그렇게 말해주었다.

처음 이야기를 쓴 건 초등학교 3학년 때. 땅속에 사는 사람들의 이야기였다.

환경이 파괴되어 지상에서 살지 못하게 된 사람들이 땅속에서 살기 시작한다.

공책에 쓴 그 이야기를 옆자리 소녀에게만 보여주었다. 이름은 하시모토 아이리. 피부가 하얗고 보조개가 있는 아이였다.

재미있어. 더 보여줘. 뒤가 궁금해. 기다릴게.

하시모토가 눈을 반짝이며 그렇게 말했다.

단 한 사람을 위해, 그 아이에게 보여주고 싶어서 열심히 썼다.

하시모토가 웃어주었으면 좋겠다. 즐겁게 해주고 싶다. 그녀에게 재미있다는 말을 듣고 싶다.

내가 만든 이야기를 읽고 기뻐해주는 게 행복했다.

기쁨을 더 많이 선사하고 싶다. 감동을 주고 싶다. 내가 쓴 글로.

그렇다, 소설을 쓰는 게 좋아서 소설가가 되고 싶었던 것이다.

소설가가 되고 싶어서 소설을 쓰는 게 아니다.

나는 가까이 있던 공책을 펼치고 연필을 쥐었다.

이 감촉.

연필심의 어두운 광택, 지우개 가루, 노르스름한 공책의
지면. 교실의 수런거림.

그렇다, 그 나날들.

방과 후.

하교 시간을 알리는 애수 어린 선율.

연결 복도에 길게 드리운 그림자.

산 너머로 기울어가는 커다란 저녁 해.

안녕.

내일 또 보자.

나는 첫 줄을 쓰기 시작했다.

몇십 년 만에 손으로 쓰는 소설이었다.

이 작품의 원제는 《14살, 내일의 시간표》로 일본에서는 만으로 나이를 세기 때문에 우리나라로 따지면 작품 속에 등장하는 화자들의 연령은 15살, 바로 '중2'입니다. 좋게 말해 사춘기, 질풍노도의 시기이고 다소 부정적인 뉘앙스로 말하면 흔히 말하는 '중2병'에 걸리기 쉬운 시기이지요. 저만해도 중학교 생활을 되돌아보면 참 천방지축이었습니다. 수업시간에는 늘 다른 과목 숙제를 하고, 수업이 끝나면 매일 친구들과 만화방에 들러 빌린 만화책을 서로 돌려보곤 했지요. 학원이나 다른 활동들로 시간 제약을 받는 일이 요즘보다 훨씬 적었기 때문에 가능한 일이었지만, 그런 자유로운 시간 속에서도 소설을 읽거나 직접 쓴다는 선택지는 전혀 없었습니다. 지금이야 책과 관련된 일을 하고 있지만 책, 소설이라는 것을 접하고 그 즐거움을 어느 정도 이해하기 시작한 건 그보다 더 나이를 먹은 이후였거든요.

첫 번째 이야기 〈1교시 국어: 보기 전에 뛰어라!〉에 나오는 아스카처럼, 중학교 때 책에 푹 빠져서 직접 소설을 쓰는 친구가 있었다면 역시 특이하고 신기하게 여겼을 것 같습니다. 다만 그것은 글을 쓴다는 행위가 신기해서가 아니라, 어찌 보면 아직 여러 가지 경험을 하며 견문을 넓힐 나이에 본인이 추구하는 목표를 확실히 정하고 그것을 위해 노력한다는 사실이 신기해서가 아닐까요? 대부분의 사람들은 성인이 되고 대학을 졸업한 후에도 본인의 꿈에 맞는 일을 한다기보다 생활을 위해 적당한 선에서 타협하기 마련이니까요.

〈1교시 국어: 보기 전에 뛰어라!〉는 그런 의미에서 이어지는 다른 단편들보다 작가 스즈키 루리카의 자전적인 면이 많이 드러난 작품이라 할 수 있을 것 같습니다. 2003년생인 스즈키 루리카는 어렸을 때부터 집 근처에 있는 도서관에 다니며 독서 습관이 몸에 배었는데 그 무렵부터 그림책 삽화나 도감 사진을 보며 이야기를 만들어내곤 했다고 합니다. 초등학교 4학년이었던 2013년에 당시 출판사 쇼가쿠칸에서 주최한 '12세의 문학상'이라는 소설 공모전의 존재를 알았는데 바로 그날이 응모 마감이라 반나절만에 400자 원고지 11매 분량의 단편 소설 〈D 랜드는 멀다〉를 써서 응모했고, 처음 써본 그 소설로 총 1024편의 응모 작품 중 대상을 받게 됩니다. 그 후로도 2014년, 2015년 연속으로 같은 상에 응모해 3년 연속으로 대상을 받습니다. 스즈키 루리카는 14살 생일을 맞이한 2017년 10월 17일에 과거 수상작 두 작품을 손보고 새로 쓴 단편 세 작품을 더하여《다시 태어나도 엄마 딸》을 출간하면서 중학교 2학년 때 소설가로 데뷔합니다. 이《내일의 시간표》는 그녀의 두 번째 연작 단편 소설집입니다.

본인의 이야기가 많이 묻어나서 그런지 사실 첫 번째 단편은 큰 감흥을 주지는 못합니다. 독자인 우리는 작가라는 화자의 특수한 입장에 감정적으로 이입하기 어렵기도 하고, 다소 자화자찬처럼 느껴지는 부분도 없지 않기 때문입니다. 거기에서 멈췄다면 아쉬웠겠지만 아스카를 시작으로 반 친구들이 번갈아가며 화자가 되면서 이야기는 점점 깊이를 더해갑니다. 화자마다 바뀌는 개성적인 에피소드들도 재미있지만 '나카하라'라는 만인의 연인 같은 상큼한 캐릭터를 배치한 것도 이야기에 입체감을 더합니다. 그렇게 읽어가다 보면 처음에 느꼈던 다소 유치한 이미지는 어느새 사라져 작가가 중학생이라는 사실도 잊고 이야기 속에 빠져들게 됩니다. 앞으로 더 많은 경험을 쌓아 시야도 관점도 크게 변할 십 대 소녀가 앞으로 어떤 작가로 성장해나갈지 크게 기대 됩니다.

김선영

내일의 시간표

지은이 스즈키 루리카
옮긴이 김선영
펴낸이 정규도
펴낸곳 황금시간

초판 1쇄 발행 2019년 11월 25일

편집 박은경
교정교열 이정현
디자인 디자인 잔

황금시간
Golden Time

주소 경기도 파주시 문발로 211
전화 (02)736-2031(내선 361~362)
팩스 (02)732-2036
인스타그램 @goldentimebook

출판등록 제406-2007-00002호
공급처 (주)다락원
구입문의 전화: (02)736-2031(내선 250~252) **팩스:** (02)732-2037

구입 후 철회는 회사 내규에 부합하는 경우에 가능하므로 구입문의처에 문의하시기 바랍니다. 분실·파손 등에 따른 소비자 피해에 대해서는 공정거래위원회에서 고시한 소비자 분쟁 해결 기준에 따라 보상 가능합니다. 잘못된 책은 바꿔 드립니다.

값 13,800원
ISBN 979-11-87100-79-9 (03830)

http://www.darakwon.co.kr
• 다락원 홈페이지를 통해 주문하시면 자세한 정보와 함께 다양한 혜택을 받으실 수 있습니다.
• 기타 문의사항은 황금시간 편집부로 연락 주십시오.